Tangi Colombel

La Saint Tous Là

Une autobiographie où tout n'est pas faux.

www.tangicolombel.com

ISBN : 979-8-44059-500-2
Independently published

À propos de l'auteur.

Tangi Colombel est né en 1974 à Loudéac en Bretagne. Il fait des études de théâtre au cours Simon à Paris.

Ce n'est qu'arrivé aux Etats-Unis en 2004 que sa carrière d'acteur et de chanteur prend son envol. Le musical "Jacques Brel is alive and well and living in Paris" lui permettra d'être nommé aux Carbonell Awards.

Depuis, il enchaîne le théâtre, les musicals, les films, les séries télévisées, les publicités, en français, anglais et espagnol. Il a également eu le plaisir de tourner aux quatre coins du monde avec son cabaret de chansons françaises « Pardon My French ».

La Saint Tous Là est son premier roman.

Aux 3 M.

«Je suis Breton ! m'écrié-je et les ténèbres répondent:
"Les poissons de la mer parlent breton"»

Jack Kerouac

À la revoyure !

Ma mère aurait ajouté illico : « Les manchots n'ont pas d'engelures ». Pour la rime, le folklore familial. Les minots auraient pouffé sans vraiment en saisir la raison. Les dictons ne se soucient guère des explications de texte, surtout quand ils ont été empruntés à la culture québécoise.

Parfois, la musicalité des mots, à elle seule, peut amuser la maisonnée, et marquer la famille au point de faire passer ces maximes à la génération suivante, comme on transmettrait une formule magique. En commençant bien entendu par : « Comme disait Marie-Madeleine ». Rendons à César…

« À la revoyure », comme un simple « au revoir », alors qu'il s'agit sans doute d'un adieu. Un jour peut-être, dans un accès de nostalgie, nous jetterons un œil au 16 rue Jean-Antoine Chaptal à Loudéac. Depuis la route, en passant en voiture, à la hâte, nous nous tordrons le cou afin d'apercevoir les fenêtres des chambres qui dominent les plantureux hortensias mauves, fierté de la maîtresse des lieux. « Tiens, ils y ont apporté des modifications ! » nous étonnerons-nous, nous efforçant de faire bonne figure malgré la boule au fond de la gorge.

Céder le logis qui nous a vus grandir s'apparente presque à l'abandon d'un intime. Notre chez-nous fut et demeure une entité vivante. Il a existé de concert avec la famille Loiseau, vibré au son des voix qui y ont éclaté. Dieu qu'elles ont été nombreuses !

Le lieu-dit le Clos Pirou aurait pu devenir le sujet d'une rédaction de primaire, un devoir comme en donnaient tant les institutrices d'une époque révolue : « Décrivez votre foyer ». Un recto verso d'une feuille à carreaux Clairefontaine aurait été imposé et l'élève ayant obtenu la meilleure note aurait eu la chance de la lire devant toute la classe.

Comment serais-je parvenu à en restituer l'essence en si peu de lignes ? Voilà une interrogation des plus légitimes. Lorsque l'on affectionne un endroit de manière aussi absolue, impossible de se restreindre autant. Ce serait comme réfréner une fringale de Nutella. Me connaissant, j'en aurais écrit des tartines. Résumons.

Avant tout, des murs. Les nôtres se composaient de granit brut de Languédia, une commune proche de Dinan, un matériau du siècle où l'extraction relevait du travail d'artisans. Le cœur des campagnes armoricaines recelait alors tout un tissu de petits métiers aujourd'hui disparus.

Un toit ensuite. Comme de coutume chez nous, celui qui protégeait le clan était couvert d'ardoises noires provenant des carrières de Pol, à la frontière entre les Côtes-du-Nord et le Finistère. Maurice, le paternel, considérait essentiel d'utiliser les services d'entreprises de proximité usant de matériaux locaux. « Quand tu nais breton, tu as une responsabilité vis-à-vis de ta région ! », insistait-il. Une demeure imposante en somme, entourée d'un immense jardin arboré qui offrait à l'imagination les moyens de s'exprimer.

Des individus enfin, parce qu'ils insufflaient la vie à la bâtisse.

Les parents déjà, de leur surnom Berluseau et Marie-Moitié en référence à la série littéraire *Les Fils de la liberté* de l'écrivain Louis Caron. Ils s'en délectaient le soir en riant aux éclats dès la porte de leurs appartements fermée. Un couple unique qui a résisté aux vents mauvais et aux marées d'équinoxes. Il déclarait « Je t'aime », elle répondait « Idem ». Une fois encore, la rime, la musicalité. Pourquoi s'embarrasser d'autres mots ?

Leur union avait donné naissance à quatre enfants. Nolwenn, « Les nez » – l'aînée –, la grande sœur rêvée, à qui tout réussissait. Emmanuelle, notre bébé, la fleur différente qui ne s'est pas épanouie. Marine, la benjamine, ma complice de nombre de bêtises. Et le petit dernier, Tangi, moi, votre humble narrateur.

Les six évoluaient au sein d'une propriété spacieuse. Néanmoins, deux pièces recueillaient les faveurs de la tribu. La cuisine, car une telle horde se régente avec l'estomac, et la salle à manger, parce qu'elle appartenait aux rares espaces chauffés. Au milieu de celle-ci avait été installée une longue table, flanquée de bancs de bois qui couinaient sans cesse dès qu'on s'y asseyait et de plusieurs chaises en ses extrémités.

C'est que le total de convives excédait immanquablement la demi-douzaine. Je me souviens de notre mère qui s'écriait aux aurores, prête à actionner le moulin électrique en émail orange de Moulinex : « Une sucée supplémentaire ? ». Une question de pure rhétorique puisqu'il n'y en avait jamais assez. Une troisième cafetière s'avérait même souvent nécessaire pour la tablée qui ne désemplissait pas.

J'adorerais ressusciter ces petits déjeuners, j'aurais tant aimé qu'ils fussent éternels.

Que le soleil matinal qui perçait la large baie vitrée continue d'aveugler les uns et de réchauffer la nuque des autres, dans cette atmosphère froide après une interminable nuit celtique.

Que mes papilles se laissent de nouveau charmer par l'odeur du pain grillé. Une lourde miche à la farine complète, découpée avec délicatesse par Pater. « Grag zig, grag zig » se plaisait-il à fredonner en la tranchant, après l'avoir pieusement signée d'une croix en sa base, de la pointe du couteau, sans doute initié au rite par les grands-parents.

Que les confitures maison de cerises ou de mûres, chefs-d'œuvre sucrés de Mother, tantôt recouvertes à l'ouverture d'une légère moisissure malgré la paraffine, dégoulinent entre les trous de la mie irrégulière et viennent s'écraser sur le sol ardoisé, pour le plus grand plaisir de Rintintin et Pataud, nos chiens fidèles.

J'apprécierais d'attiser les braises chaudes de la veille de façon à redémarrer le feu lascif qui prémunirait le ménage contre les rhumes. À coup sûr, maman s'y délasserait d'agréables minutes, la jupe relevée afin de se revigorer le bas du dos.

Ah ! Figer dans le granit ce moment privilégié que nous avons partagé avec tant de camarades, de familles inventées ou réelles, de gens de passage, de gentilles personnes, mais aussi de sacrées canailles. Chaque histoire en compte son lot. Sinon ce prologue ne ressemblerait qu'à une publicité L'ami Ricoré de plus.

Je donnerais n'importe quoi pour immortaliser les heures de légèreté et oublier que le temps agit en maître. Melaine et Manue nous ont quittés et aujourd'hui, papa a officialisé la vente de l'ancienne adresse. Il l'a vidée de ses meubles. Cependant, les murs resteront imprégnés de l'âme que nous leur avons léguée. Les nouveaux propriétaires semblent en respectable compagnie.

À la revoyure ? Non, cette fois la page est tournée. Dire adieu au bercail relève du crève-cœur alors même que je n'y habite plus depuis belle lurette.

Je me console en me remémorant le petit garçon de sept ans qui sommeille toujours en moi, et qui y a respiré à pleins poumons. Une inspiration, un rire. Une expiration, des pleurs. Un gamin de son époque, blondinet aux yeux bleus, bermuda été comme hiver, coupe Mireille Mathieu, ou au bol comme aurait suggéré le coiffeur de la rue de Cadélac.

Un âge charnière en cette fin d'année 1981. Un événement allait bouleverser mon existence, et celle de la smala tout entière, à vrai dire ; nous pousser dans nos retranchements et par conséquent nous obliger à tout réinventer.

Je découvrais, ahuri, la date de péremption du vendredi 18 décembre, estampillée sur l'enfance et en déduisais que l'insouciance ne deviendrait plus bientôt qu'un lointain souvenir.

Articule !

Marie-Madeleine Loiseau Villefranche-Le Bras, ma mère, postée de manière stratégique en plein milieu du premier rang, me le soufflait depuis mon entrée en scène : « Articule ! » En toute discrétion, pensait-elle. Mais l'assistance de l'école primaire Sainte-Thérèse de Saint-Caradec, venue voir et entendre ses bambins interpréter *Trois jeunes tambours* à l'occasion du divertissement de Noël, comprit sans peine, s'il s'agissait encore d'un secret, que nous étions apparentés.

Des gloussements surgissaient ici ou là et ajoutaient au camouflet maternel. Cela me surprend toujours, cette récurrence chez les grandes personnes, de présumer œuvrer dans l'intérêt de leur progéniture, et de tomber assez régulièrement à côté de la plaque.

Dans le cadre de la production scolaire, en ce dernier jour avant les congés, j'avais obtenu, comme à l'accoutumée, le premier rôle. La distribution se décidait vite. Je restais, aux dires des maîtresses successives, l'élève idéal lors de tels événements.

J'aimais m'exprimer et adorais chanter. Apprendre puis dire des leçons, des poèmes ou fredonner un air s'avérait d'une facilité déconcertante. Le corps professoral m'encourageait même à monter sur l'estrade afin de réciter les fables de La Fontaine en mimant les animaux si parfaitement dépeints par l'auteur.

Je m'exécutais de gaieté de cœur et découvrais les plaisirs de jouer en public, l'attente des applaudissements des camarades que je rêvais frénétiques, et le vingt sur vingt ramené crânement aux parents à l'heure du chocolat-pain-beurre.

Que ma mère s'évertue, cet après-midi-là, à ce que j'articule paraissait d'autant plus incompréhensible. Cette passion naissante, ces aptitudes naturelles avaient déjà subjugué les instits. Pourquoi trouvait-elle à y redire ?

Comme un leitmotiv, je notai son malaise à chacune des représentations de l'époque ou de celles de ma vie d'adulte. Melaine semblait ne pas se sentir au bon endroit, ne pas profiter de l'instant. Craignait-elle que son fils s'emmêle les pinceaux ? Devinait-elle que sur les plateaux je lui échappais ?

Après les spectacles, son point de vue sur la performance peinait à se manifester. Ne parlons pas des lieux communs comme « Tu étais ma-gni-fique » « J'ai a-do-ré » ; ou ceux que l'auditoire adresse en cas d'avis mitigé : « Quelle mémoire ! », « Quelle énergie ! ». Non, juste le sourire franc d'un mentor qui reflète l'approbation. Le « Je suis fière de toi », longtemps attendu et qui ne vint jamais.

Aujourd'hui, je sais qu'elle le ressentait, seulement les mots ont du pouvoir et ceux-là, qui m'ont manqué, m'auraient aidé à me construire davantage.

À vrai dire, d'innombrables daubes ont étoffé mon curriculum vitae d'acteur. Comme le fanfaronnait Michel Galabru de son ton inimitable : « Je voulais aussi remercier les mauvais textes, ceux qui m'ont souvent permis de vivre ». Mother s'abstenait donc ces soirées-là. « Grand bien lui fasse ! ».

Par contre, pourquoi n'est-elle pas devenue intarissable, ce jour, où, des décennies plus tard, je ténorisai dans le musical « Jacques Brel is Alive and well and living in Paris » ? Un show ficelé à l'américaine, en anglais s'il vous plaît, en Floride, devant mille spectateurs. Un rare moment satisfaisant de ma modeste carrière.

Berluseau et Marie-Moitié avaient organisé des vacances à Palm Beach dans le but d'y assister. Chacun se rendait, seul, à une revue différente, afin que son conjoint reste auprès d'Emmanuelle, ma sœur handicapée.

Pour l'anecdote, maman nous rejoignit en coulisse. Je lui présentai le « director », Avi Hoffman. Elle entreprit de l'embrasser à la française, il s'obstina à la *huger* à la yankee, et le micmac culturel les précipita bouche contre bouche dans un salut à la russe. Un frisson gêné parcourut la troupe. Le destinataire de ce véritable French Kiss finit par détendre l'atmosphère avec un rieur : « Oh là là, les peti' fronçaises ».

Outre l'hilarité qui succéda au faux pas, et cette histoire que les miens évoquent dans d'interminables fous rires à chaque réunion de famille, nos fameuses Saint Tous Là, je garde de cette journée un goût amer. Je ne lui tins nullement rigueur de sa maladresse. Elle parlait mal la langue de Shakespeare, ne connaissait pas les codes, évoluait en terra incognita.

Cependant, sur le chemin du retour, elle se contenta de vagues appréciations ponctuées d'adjectifs vides. Alors qu'elle aurait pu se lâcher après une production de cet acabit. « Quel numéro de claquette dois-je accomplir pour l'impressionner ? ». À cause du fossé que ni l'un ni l'autre n'arrivions à franchir dans ces situations-là, je ne parvins jamais à partager avec elle cette émotion qu'un artiste éprouve sur les planches : le sentiment de rentrer chez soi. Ma mère aurait à coup sûr affectionné mon élégant intérieur, si nous avions échangé sur le sujet, et admis, au vu de la sérénité qui y régnait, qu'elle avait réussi mon éducation.

« Articule ! », insista-t-elle, en silence cette fois. Malgré cette précaution, son murmure assourdissant résonna à l'infini dans les classes du dessus, au cœur de la cour à l'enrobé gondolé par les racines de tilleul, jusqu'au préau vétuste qui nous abritait les jours de pluie. Et surtout, sur l'étroit proscenium où je me décomposais. L'exercice consista à me reconcentrer afin d'écarter les ondes moqueuses qui fusèrent. Je bondis de l'iconique tabouret tamtam orange qui me servait de trône et offrit au parterre le personnage dans toute sa superbe.

Donald Cardwell et Roger Harth indisponibles, l'escouade costumes et décors utilisa les moyens du bord. De manière à doter le héros d'un tantinet de crédibilité, on m'affubla d'une sombre cape trop courte et on me coiffa d'une couronne bricolée par mes soins lors des activités manuelles. Une bande de carton souple découpée en dents de scie et agrafée à l'arrière en composait l'ossature. Une large feuille de papier d'aluminium recouvrait l'ensemble et était collée, si mes souvenirs ne me trahissent pas, avec de la glu Cléopâtre ; cette pâte blanche qui embaumait l'amande et qui avait effectué un passage obligé dans l'estomac d'une génération entière d'écoliers curieux. Un bouc et une moustache à la Errol Flynn, dessinés au crayon noir, vinrent parfaire le déguisement type des années 80 pour interpréter le rôle du souverain. Méconnaissable !

Armel, mon partenaire de comédie, entonna :

« Sire le roi, donnez-moi votre fille
Sire le roi, donnez-moi votre fille
Et ri et ran, ran pa ta plan
Donnez-moi votre fi-i-lle ! »

Celui-ci se conforma aux paroles originales, nous l'avions échappé belle ! Il se targuait lors des pauses devant ses fidèles médusés qu'il remplacerait Ran pa ta plan par Et Rantanplan de manière à « faire bidonner les gens ». Au nom de l'intégrité du texte, je le lui interdis :

– On ne change pas une virgule, ce n'est pas professionnel.
– Ah oui, et sinon, quoi ? rétorqua-t-il, menaçant.

Je me distinguais en poésie, en chant, en séduction de maîtresse et en argumentation face à un concurrent de taille normale. En revanche, devant l'armoire à glace Armel, battre en retraite constituait la meilleure des stratégies.

Notre institutrice avait émis l'idée, avant d'entamer mon couplet, d'inspecter de pied en cap le candide tambour. Possédait-il la maturité suffisante pour épouser la jouvencelle ? J'avais retourné la question dans tous les sens afin d'élaborer un effet scénique qui suggérerait l'indécision sans piper mot, en vain.

Pourtant, sur le point d'amorcer mon morceau de bravoure, galvanisé par une force mystérieuse que je n'avais jamais expérimentée, je me pinçai instamment la prétendue barbichette, l'air réprobateur. La réaction ne tarda pas. Des rires, d'abord timides firent tache d'huile et déridèrent les enfants de sept à soixante-dix-sept ans au point de m'empêcher d'attaquer la tirade suivante.

Mon premier frisson de comédien. Une osmose, que je souhaitais éternelle, entre un public et moi. Mais il fallut se ressaisir et reprendre le cours de la piécette.

« Joli tambour, tu n'es pas assez riche
Joli tambour, tu n'es pas assez riche
Et ri et ran, ran pa ta plan
Tu n'es pas assez ri-i-che ! »

Quand les bravos retentirent, je récoltai les plus fournis. Œillade condescendante à mon rival, « Prends ça dans ta face, c'est moi qui ai amusé la galerie, en respectant l'auteur. Il y a des témoins, tu pourras tenter que dalle. Bon, une fois le rideau baissé, ce sera une autre paire de manches » redoutai-je. Il m'intimidait. Nous le considérions, du cancre au surdoué, comme la terreur de la récré. Eudes, du *Petit Nicolas*, qui « aime bien donner des coups de poing sur le nez ». Mieux valait ne pas le chercher, ni lui ni les garçons en général.

Je leur préférais de toute façon la compagnie des filles. Myriam, ma fausse jumelle, que je bisais sur les lèvres dans le placard à balais de l'établissement, à cinq piges, et avec qui nous fêtions nos premiers anniversaires. Sophie et sa célèbre soupe de vers de terre qui m'avait montré la sienne, car je lui avais laissé entrevoir la mienne. Des minots ô combien précoces !

Marelles, cordes à sauter et élastiques occupaient les récréations. Les jeux « de filles », partagés avec elles, n'arrangeaient en rien la réputation que je traînais dans cette bourgade de campagne où la populace élevait le machisme au rang de vertu suprême dès le berceau. Les maîtres me considéraient comme leur coqueluche, je devins néanmoins au fil du temps le pestiféré de mes camarades.

De loin en loin, je me retrouvais obligé de participer à des matchs de foot. Un rituel immuable s'enclenchait alors. Au moment de former les équipes, mon ennemi juré et son adversaire, Yoann, piochaient alternativement les acolytes dont la mission consistait à les valoriser pendant leur combat de coqs jusqu'à ce que la cloche carillonne. Quand finalement à court d'alternatives un malchanceux devait intégrer à contrecœur l'unique restant dans son groupe, j'encaissais l'inévitable et humiliant : « Bon ben… Tangi. »

Par conséquent, ces rires et félicitations imprévus me gratifièrent, d'autant qu'ils provenaient du monde des adultes. Des adultes qui s'avéraient plus aptes à m'apprécier que mes camarades. Indéniablement, la sphère du football me rejetait, inexploitable, mais je détenais la parade qui me permettrait de trouver ma place dans la société. Je rejoindrais, dès que possible, le Show Business.

Peu importe que la signification du terme m'échappât. En le prononçant brillaient au fond de mes yeux les paillettes et les décors carton-pâte des *Numéro Un* de Maritie et Gilbert Carpentier. J'incarnerais John Mac Lesby avec brio au côté de Maria Pacôme dans « Le noir te va si bien » au *Théâtre ce soir*. La France découvrirait ma bouille à *L'École des fans*. Droit comme un « i » à la gauche de Jacques Martin, j'asticoterais gentiment les parents assis au troisième rang du Théâtre de l'Empire et chanterais « Ce matin, un lapin » devant Chantal Goya ébaubie qui reconnaîtrait, lové dans tant de talents, son héritier volé à la maternité.

Vous l'aurez compris, je possédais une fâcheuse tendance à l'hystérisation. Une divagation en amenant une autre, le tout aboutissait à une frénésie à la limite du delirium tremens. Sans doute une des séquelles d'un épisode comateux à quatre ans dont je parlerai volontiers plus tard. Je souffre, à ma décharge et d'aussi loin que je me souvienne, d'insomnies chroniques. Il convenait donc de tuer le temps, allongé dans le lit bateau. Et quoi de mieux que de laisser libre cours à mon imagination ?

À cette période, à l'apogée de la carrière de Chantal Goya, je me persuadai que je ne pouvais être que son fils caché et que les hasards de l'existence nous rapprocheraient inéluctablement. Alors, pourquoi ne pas forcer le destin en concourant à l'émission *Dimanche Martin* ?

J'avais déjà tout scénarisé. Ma voix cristalline dans la reprise du *Lapin* éveillerait en elle le lien maternel. Elle scruterait les traits de ce petit d'homme. Et tandis que l'équipe technique d'Antenne 2 opérerait un ralenti indispensable à n'importe quelle scène de retrouvailles, que Robert Quibel entraînerait son orchestre dans une exécution magistrale des *Chariots de feu*, l'invitée se lèverait de son bloc surélevé, si inconfortable, en ouvrant les bras. J'y courrais. Elle me serrerait fort, verserait de chaudes larmes, en direct évidemment. Nous exploserions les audiences. Jacques, bouleversé, tendrait un Kleenex, je me moucherais pour exhiber un visage avenant à la caméra trois et articulerais enfin le très attendu :

– Maman !

– Oui, Tangi, intervint ma mère, la vraie, en regardant dans le rétroviseur, pourquoi est-ce que tu pleures ?

– Euh, parce que je suis ému, répondis-je, camouflant la gêne palpable. Ça s'est bien déroulé, et puis les gens ont ri.

– J'ai vu ! S'ensuivit un court silence. D'ailleurs, pourquoi tu ne t'en es pas tenu à la chanson ? Ce n'était pas nécessaire de faire le pitre. Je dois t'avertir que…

Comme je ne goûtais guère à ces phrases laissées en suspens. Elle continua :

– Tu as remarqué que le quotidien est quelque peu chaotique à la maison !
– Ça veut dire quoi « chaotique » ?
– Ça signifie que c'est la pagaille, on n'a pas beaucoup de sous. Il y aura des ajustements à prévoir.

« Qu'entendait-elle par-là ? » me demandai-je. Notre vie ne tournait qu'autour de cet objectif : s'ajuster. Ne pas trop dépenser, ne pas trop manger, ne pas oublier d'éteindre la lumière, se passer les vêtements de l'aînée au dernier – comment voulaient-ils que je ne développe pas ce goût prononcé pour les jupes de mes sœurs ! Sur quoi allait-il falloir rogner de nouveau ? Devant l'ultime stop en quittant Saint-Caradec, maman bafouilla :

– Ton père ne s'est pas présenté parce que…
– Comme d'habitude, grommelai-je
– Tangi, s'il te plaît ! Il travaille beaucoup, ou plutôt il travaillait. Son entreprise a déposé le bilan. Papa est au chômage. Nous devons lui montrer qu'il est entouré et soutenu par sa famille, c'est d'accord ?

Ce vendredi dix-huit décembre 1981, une chape de plomb s'abattit sur mon enfance. Pater, comme tant d'honnêtes employés, pâtissait du mal de la fin des trente glorieuses. Nous serions tenus de composer avec encore moins de confort, toujours plus de contraintes. L'avenir s'annonçait sombre. Et l'on s'étonnait que je m'évade vers des pays imaginaires.

Teuf, teuf, teuf, teuf !

Sur la route sinueuse qui reliait Saint-Caradec au Clos Pirou, à l'arrière de la Chrysler au bord de l'arrêt cardiaque et dont les portières ne fermaient qu'avec des tendeurs, mon regard se promenait de la couronne de pacotille, reliquat du spectacle, à la campagne pluvieuse. Emmitouflé dans un épais blouson, un bonnet et une écharpe de laine tricotée par maman, et encore sous les effets de l'adrénaline secrétée par tant d'émotions, je transpirais à grosses gouttes. « Plutôt mourir de chaud que d'ouvrir la vitre ! ». La verdure du bocage perdrait le brin de charme qui lui restait sous l'effet des émanations de lisier. Un mot fort laid qui désigne le mélange d'excréments d'animaux, utilisé comme engrais en ces plaisantes contrées.

Notion obscure pour le citadin que je me croyais, elle n'avait aucun secret pour mes camarades de classe. Ils en parlaient à tout bout de champ en fins connaisseurs. Ils n'étaient pas les seuls d'ailleurs. *Le Courrier*

Indépendant, la feuille de chou locale, évoquait chaque trimestre un décès par noyade au fond des fosses lors des opérations de remplissage. Un sujet à des années-lumière de mes préoccupations. Toutefois, une colle taraudait mon esprit naïf. Si elles présentaient tant de risques et contenaient un liquide infâme, « Pourquoi les agriculteurs du coin s'y baignaient-ils ? ».

Un virage brutal m'extirpa de ma rêverie. L'après-midi s'était éternisée. Devant mes yeux fatigués, les mêmes lieux-dits défilaient selon un protocole immuable : la ville Jégu, la ville Hervé, la ville Basse, jusqu'au 16 rue Jean-Antoine Chaptal à Loudéac à trente minutes d'ici.

Loudia de son nom Gallo, au cœur de la Bretagne, ne comptait pas parmi les bourgs que les cerveaux du marketing touristique exhibaient sur les brochures qui vantent les atouts de la région. Môme, sans éléments de comparaison, je ne m'y déplaisais pas. Par contre, dès le berceau, un doux refrain me fredonnait que mon futur s'épanouirait ailleurs. Comme si une marraine ailée m'avait promis à un avenir illustre. Je réalise, avec le recul, qu'avoir grandi au cœur d'un endroit aussi paisible, où rivières, rigoles, lacs et forêts offrent monts et merveilles à toute personne un tantinet curieuse, s'était avéré une aubaine.

L'agglomération n'en demeurait pas moins une sous-préfecture malgracieuse, tournée vers l'agroalimentaire. Avec ses exhalaisons permanentes de choux-fleurs bouillis à la saison des récoltes, accompagnées du ronronnement des machines industrielles ; avec les porcs, plus nombreux que les habitants, que les saigneurs égorgeaient la nuit et dont les grouinements de douleurs, portés par les vents dominants, s'élevaient de l'abattoir Olida ; avec les cloches de l'église qui informaient des quarts, des demis, des trois-quarts et des heures. Une présence bruyante et néanmoins utile, l'horloge ovale accrochée au mur de la cuisine s'emmêlant les aiguilles comme un Breton les pieds, après le verre de cidre de trop.

Un gros village de dix mille âmes, peuplé d'humbles individus, d'augustes familles établies depuis des générations et de piètres notables de province, seulement de passage, guère enclins au brassage avec les petites gens. Mon patelin et son once d'histoire, que les municipalités successives rasèrent souvent au profit de bâtiments carrés en bétons bruts, ne suscitaient ni enthousiasme ni exotisme.

Seul refuge dans ma cité en pleine « Ceausescu'isation », notre domicile situé sur les hauteurs. Bordé d'un immense jardin avec cerisiers, pommiers, noisetiers, groseilliers, il toisait un immense champ de blé qui bruissait de mille épis de mars à juillet.

Une enfance champêtre passée à grimper aux arbres et à construire des cabanes, à jeter les œufs pourris des poules chez monsieur Le Fustec et à se frotter au gant de toilette et au savon afin de gommer les relents de soufre qui s'incrustaient jusque derrière les oreilles ; ou plus étrange encore, à apostropher les ectoplasmes errants lors de séances de spiritisme à l'intérieur de la caravane délabrée au fond de la propriété. Une jeunesse à l'air libre de la campagne, avec mes sœurs, qui stimula ma créativité.

Le logis perdait un peu de sa superbe à peine le perron franchi. Les parents n'apportèrent pas, par manque de moyens, les finitions qui auraient pu la transformer en demeure bourgeoise.

En dépit de la prestance de l'imposant escalier de bois en colimaçon qui menait vers un épatant grenier – pour autant jamais mis en valeur – l'œil du visiteur non avisé était aussitôt attiré vers les envahissants graffitis sur les plâtres à nu. En effet, sur les murs de notre ennui, la liberté s'exprimait certes, mais de manière exubérante. Les quatre enfants, tentant de reproduire les dessins des grottes de Lascaux, salirent leur blanc d'abord immaculé partout où les chiens, en manque de calcium, ne les avaient pas rongés.

Les Loiseau, imperméables à la décoration, peinaient à cacher la misère et se contentaient de répartir des portraits d'aïeux sur les tâches flagrantes. La partie nuit n'était pas en reste. Invisible aux invités, elle macérait dans son jus. Sol en ciment, salle de bain en voie de développement, nous dormions dans des conditions rustiques, entourés de meubles glanés ici ou là. À la retraite, Maurice se décida à la bichonner afin de la vendre au meilleur prix et la splendide bâtisse révéla enfin son véritable potentiel.

Ce soir-là, après la représentation, l'humeur à la cuisine se calqua sur celle de la voiture. Les vacances démarraient. Une ambiance festive aurait dû s'installer. La tribu aurait causé crèche, sapin, étrennes et la conversation se serait conclue sur la perpétuelle affirmation : « Le père Noël existe ». Ce à quoi le dernier aurait répondu « Laissez tomber ! Je suis assez grand, je n'y crois plus. C'est Armel qui me l'a dit ».

Les aînées auraient gloussé. Melaine, embarrassée, aurait aimablement contredit le rabat-joie. Et celui-ci serait parti roupiller avec l'espoir secret que ce mythe, qui n'en est pas un, entrerait bel et bien par le conduit de cheminée : « Une planète avec un Saint-Nicolas, c'est tellement plus marrant ». Autour de la table en granit moucheté noir et blanc du Hinglé, la légèreté ne semblait pas de mise, tant s'en faut. Seuls le bouillonnement du velouté dans la marmite le Creuset et les coups d'économe sur les carottes recouvertes de sable animaient cette fin de journée costaseptentrienne de décembre.

En d'autres circonstances, j'aurais, comme à mon habitude, amusé la galerie en rappelant les innombrables bourdes de Marine qui était persuadée, par exemple, que les veaux élevés sous la mère grandissaient… sous la mer, « Sous des bulles ! ». Le récit aurait fait rire les six aux larmes, et ce succès assuré aurait conforté ma place de clown en chef au sein du clan.

Cependant, à bonne école, je sentis que le moment ne s'y prêtait pas. Le mutisme lourd de tension qui avait régné dans la période précédant le chômage nous avait, cela s'entend, disciplinés. Je risquai une question logistique :

– Combien de patates ?

– Justement, va en chercher dehors. Une dizaine s'il te plaît, marmonna Marie-Moitié.

J'adorais cuisiner avec elle et je la regardais avec admiration. Ma sorcière bien-aimée s'activait derrière le fourneau tandis que sa bouche proférait des sorts inaudibles. Elle y mettait du cœur et quelque élixir pour que cette sempiternelle soupe nous paraisse différente de celle de la veille. Devant tant de Maggi-Maggi, je me devais bien de l'aider afin que ses idées aient du génie.

J'obéis à l'ordre et gagnai le garage glacial de façon à lui dénicher les tubercules. Cette pièce privée de porte avait depuis longtemps perdu son usage premier. De-ci de-là, sous la lumière blafarde, rouillaient outils de jardinage, se décomposaient cartons et blocs de polystyrène, hibernaient maintes espèces d'araignées qui se glissaient parfois à l'intérieur et trouvaient asile près des oreillers.

Tout au fond y avait été dressé un garde-manger où reposaient les fruits et légumes du marché et un étage entièrement destiné aux pots de confiture maison. S'adonner à la gourmandise se méritait vu le parcours du combattant pour les atteindre.

À l'instant où je rentrai, le visage rosi par le froid, les pommes de terre coincées entre les deux avant-bras, Berluseau se résigna à quitter ses appartements. Il rejoignait le monde des vivants dans un silence de mort. Il déclara, sitôt assis parmi nous :

– Ma petite femme vous l'a déjà annoncé, notre entreprise de monuments funéraires a fermé. Le dépôt de bilan est officiel. Une longue page de ma vie se tourne. Ne vous inquiétez pas, nous rebondirons. En attendant, je passerai du temps avec les miens et arrêterai de les négliger. Vous avez devant vous le nouvel homme au foyer.

Étonnamment, nous le perçûmes moins tendu, comme si sa résolution extrême l'avait soulagé. Pendant le repas qui suivit, entrecoupé des bruits de cuillères sur les assiettes creuses, de timides et moqueuses objections se hasardèrent. « Mais papa, tu ne sais pas cuire une omelette ». « J'apprendrai », répondit-il du tac au tac.

Pour nos esprits étriqués au début des années 80, un père devait travailler et ramener de quoi assurer la pitance. Alors que pourrait-il mener à bien au sein de la maisonnée ? Le temps d'un monologue succinct, ponctué d'arguments percutants, il nous fournit notre première leçon de progressisme et réduisit à néant nos craintes rétrogrades. Le potage terminé, le calme revint dans les esprits.

Après une vaisselle faite tous ensemble ainsi que l'exigeait ma mère qui s'asseyait bien entendu sur une chaise et chorégraphiait le pas de cinq quotidien, la marmaille jouissait en général d'une trentaine de minutes d'oisiveté au séjour, puis direction les chambres.

Pas de Stars avec Michel Drucker, pas de rediffusion d'*Hibernatus* ; faute de moyens, le petit écran n'avait pas droit de cité, ou alors par intermittence. Quand une connaissance se débarrassait d'un poste ancien, nous le récupérions. Commençait alors un sursis de plusieurs mois avant que celui-ci, pourtant manipulé tel le *Codex Leicester* de Léonard de Vinci, ne succombe. Les lacunes télévisuelles s'accumulèrent au fur et à mesure et nous ne sûmes jamais, notamment, qui avait tiré sur J.R. Ewing. Dans cet univers impitoya-a-ble où une énième relecture *d'Astérix le Gaulois* au coin du feu n'exerçait que peu d'attrait, ne valait-il mieux pas se coucher tôt ?

Nous obtempérions, résignés. Mais le désœuvrement nous rattrapait dès le lendemain, durant ces week-ends gris où la sagesse nous conseillait de ne pas mettre le nez à l'extérieur.

Pour le tromper, nous disposions d'un électrophone et d'une quinzaine de 33 tours. Ceux des parents : « Les Fla, les Fla, les Flamandes » de Brel, Piaf et ses « r » à rallonge, *Le Boléro* et son interminable dénouement. Les miens : *Le soulier qui vole, Bécassine, C'est Guignol*, que j'écoutais en boucle afin de rester incollable lors des retrouvailles avec Chantal. Aux anniversaires, le cadeau s'imposait de lui-même : un de ses vinyles. D'abord parce que les lectures répétées les rayaient, ensuite parce que Rinma les cassait de rage à force d'écœurement.

Nolwenn, quant à elle, nous ouvrait progressivement à une culture rock et new wave en faisant jouer son disque : *Enola Gay*, et sa face B, *Electricity*. Nous dansions au milieu du salon tous les trois pendant qu'Emmanuelle déchiquetait le catalogue de la Redoute. Conscient de ma méconnaissance de l'anglais, je chantais haut et fort le titre et baragouinais le reste, les mains positionnées devant la bouche, persuadé de berner les aînées. Je finis par raffoler du 45 tours sans en saisir le sens controversé et ignorant qu'il m'influencerait autant des décennies après. OMD, Goya, le grand écart.

Par chance, la smala habitait en face du cimetière. Rien à voir avec la profession de Pater, mais avouons-le, truculent hasard. Je dis « chance », car cet espace que nous avions investi se révéla un terrain de jeu incroyable de nuit et de jour. Et calme ! Pas âme qui vive.

En nocturne, ma benjamine et moi y expérimentions des aventures dignes du *Club des cinq*. Soit, il en manquait et notre chien ne se nommait pas Dagobert. Mais peu importe ! Cet endroit énigmatique nous fascinait. La magie y tourbillonnait. « Les feux follets y pullulent ! » avait juré ses grands dieux le fils de Corentin, le gardien des lieux. Décision fut prise de les étudier de près, à l'heure où les bonnes gens s'endorment.

Première difficulté, sortir du logis en toute discrétion. Un volet entrouvert et une chambre au rez-de-chaussée nous facilitèrent bigrement la tâche. Deuxième défi, se maintenir en alerte. Une amie avait assuré que l'ingestion de spaghettis crus garantissait une nuit blanche ininterrompue. Nous nous étions exécutés de manière quasi militaire. C'est donc constipés et les dents empâtées que les acolytes rampèrent sous les clôtures et atteignirent le boulevard des allongés. La Lune éclatante éclairait tellement que les lampes de poche rectangulaires aux couleurs rouillées ne furent d'aucune utilité.

Malgré des recherches qui auraient subjugué Claudine Dorsel et François Gauthier, notre quête de flammèches s'avéra vaine. Déçus, nous ne baissâmes pas les bras et décidâmes de provoquer l'événement en libérant les gaz qui s'embrasent au contact de l'air. Bien sûr, les complices ne déterrèrent pas les morts, même si l'on suggéra l'idée lors d'une réunion de crise qu'un film d'action américain nous aurait enviée. Il y avait beaucoup plus simple : pousser la dalle non scellée de l'ossuaire. Aussitôt dit, aussitôt fait. Et là, peau de zébi ! De toute évidence, le rejeton du voisin mentait, pas plus de feux-follets que de beurre en « brosse ». Mais passée la déception et puisque le couvercle en ciment avait été décalé à grand renfort d'huile de coude, pourquoi ne pas examiner le trou ?

Nous y descendîmes dénués de la moindre appréhension. Nos pieds posés sur cet amas de tibias, les faisceaux des loupiotes dévoilèrent une montagne de squelettes façon catacombe. Nos premiers pas en tant qu'apprentis pilleurs de tombe, loin de nous effrayer, permirent de découvrir avec amusement, qu'en s'entrechoquant, les os tintinnabulaient pareillement à des xylophones.

La sautillante musique de marimba réveilla sans doute le cerbère. Il fit retentir son sifflet, en pyjama devant sa porte, et l'accompagna d'un : « Non de Diou de bon Diou, qui qu'vous soyez, déguerpissez avant qu'j'téléphone aux poulets ». Courageux, mais pas téméraires, Marine et son alter ego se carapatèrent vers leurs lits, en priant que le concierge n'ait pas reconnu les silhouettes des vauriens et qu'il ne pipe mot à quiconque. La frousse mit un terme aux virées nocturnes.

De jour, le spectacle s'offrait à nous. Au son du glas de l'église proche, nous nous agglutinions aux fenêtres afin de repérer qui venait de passer de vie à trépas. C'est dans les moments de drame, quand les garde-fous tombent sous l'effet de la peine ou de l'alcool, que les individus se devinent le mieux. Nous assistions, en direct, à un cours « d'histoire naturelle de la société ».

Une fois le beau monde installé autour du cercueil, l'inaltérable duo se dissimulait derrière une pierre tombale, à coup sûr découpée par feu l'entreprise de papa, et observait *La Comédie humaine* en quatre-vingt-dix personnages.

Conduisant des voitures sans permis, costumes défraîchis et casquettes vissées, arrivaient en tête les vieux Loudéaciens assidus pour qui les sépultures représentaient l'ordinaire de leur occupation. Puis les familles du défunt, sincères ou confites en dévotion. Les survivants à l'évidence éprouvés, les fausses veuves, les héritiers en devenir. Les ceusses qui s'efforcent de tuer le temps. L'emballeur de refroidis titubant et attendant sa bière. Les enfants qui se curent le nez et le curé épuisé qui inhume le troisième de la semaine en cette ville à la population déclinante.

Ces cérémonies à la chaîne étaient parfois émaillées – et là constituait l'intérêt d'y participer – d'éléments extérieurs qui perturbaient la machine bien huilée. À l'instar de ces obsèques où l'abbé le Fol demanda si un paroissien voulait partager une information avant la mise en terre, lorsqu'une annonce d'un camion publicitaire du cirque Pinder hurla comme en réponse : « Ne manquez pas nos trapézistes et leur fameux saut de la mort ». Je me souviens toujours des rires qui n'osèrent pas s'exprimer et qui frémirent parmi l'assistance en écho à cette boutade du disparu.

À l'occasion, la surprise provenait de l'intérieur. Comme ces funérailles qui prirent des allures de pugilat. À l'ouverture du caveau Pennec qui devait accueillir le dernier trépassé, l'assemblée se rendit compte qu'aucun juste n'y sommeillait alors que devait y reposer une aïeule depuis une bonne dizaine d'années. « Mais où est donc tante Georgette ? » s'interrogea-t-on.

Le rite achevé, cette question lancinante qui se lisait sur les lèvres, amplifia quatre canons plus tard, à la Récompense, le bar d'à côté au nom ô combien seyant ! Le ton monta. Les uns accusant les autres d'avoir déplacé la tantine pour récupérer les bijoux dont les descendants l'avaient parée avant son ultime voyage. La jeune génération reprochant aux anciens résistants de l'avoir flanquée dans la fosse commune puisque, soi-disant, Georgette aurait déshonoré le patronyme en pionçant avec un boche : « Pas étonnant qu'elle ait été rasée à la libération ! ». « Vous vous méprenez, c'était une obligation, à la suite d'une épidémie de poux ». « Foutaise, elle s'est tapé la totalité de la caserne allemande en stationnement, on l'appelait la Goulue ! »

Bien que le sens des insultes nous échappât à l'époque, nous assistâmes, un tantinet amusés, à la reconstitution d'une bagarre face à l'échoppe d'Ordralfabétix. La fiction devenait réalité. « Garde l'anecdote dans ta musette, me répétait Marie-Madeleine, elle pourra peut-être te servir ». Maman et ses conseils avisés, qui gisent désormais au cimetière, avec Emmanuelle, et qui sait, peut-être avec Tante Georgette. Toutes trois s'endormant chaque soir aux stridulations des grillons, cousins éloignés de ceux qui chantent au cœur du métro parisien.

« Les dents d'devant,
du rouge vers le blanc.
Et les molaires,
avec un mouvement
circulaire. »

Le personnage fictif du docteur Quenotte nous l'avait conseillé à l'occasion de sa tournée des écoles afin de sensibiliser les élèves à l'hygiène bucco-dentaire. Un brossage réglementaire plus tard, en chanson donc, je retrouvai la piaule que je partageais avec Marine.

Cette partie de la maison comprenait trois chambres qui se suivaient en rang d'oignons : celle de Marie-Moitié et Berluseau, accolée à une salle de bain ; à l'opposé, celle de Nolwenn et Emmanuelle ; et au milieu, la nôtre. L'atmosphère de la cohabitation variait selon les humeurs. Au début, nous l'acceptâmes sans peine. Par contre, avec le temps, les prises de bec se multiplièrent.

On ne compta plus les soirs où, sur ordre de maman, papa faisait irruption dans notre dortoir et nous grondait parce que : « Ça commence à bien faire, bon d'là de bon d'là, dormez maintenant ! ». Et de taper deux fois les mains, pour convaincre sa femme, tout sauf crédule, qu'il avait réglé la querelle de voisinage avec une paire de gifles. S'ensuivait le clin d'œil complice avant qu'il s'en retourne à ses appartements.

Grelottant sous l'effet combiné du froid et de l'humidité malgré les couvertures, mais ravis de grandir avec des parents aussi compréhensifs, les chamailleurs s'assoupissaient dans leurs draps de coton rêche. Sauf bien entendu quand une maligne insomnie jouait les trouble-fêtes.

Ces nuits-là, loin de m'apaiser, l'obscurité me glaçait le sang et ravivait des terreurs que j'avais tant bien que mal tenté d'enfouir au tréfonds de moi. À sept ans, les viles créatures de contes de fées auraient dû appartenir au passé. Pourtant, un loup, manigancé par mon imagination, hantait sans relâche les moindres recoins de ce qui devenait sa tanière dès la lumière éteinte.

Je le sentais qui rôdait, attendant le moment fatidique où je baisserais la garde pour me dévorer. En attaquant, nul doute, par les petons. La benjamine, peinant à fermer les paupières à cause du tambour de machine à laver qui lui servait de frère, finit par anticiper mes angoisses en empoignant sa kalachnikov. Une arme invisible, mais redoutable avec laquelle elle canardait furieusement afin d'exterminer tout canidé hostile.

La technique, efficace, ne résolut pas la totalité des problèmes. Subsistait le trajet aux toilettes, les nôtres, quand survenait l'envie pressante juste avant l'aube. Dans le cadre de cette délicate opération, il convenait de se lever, de gagner le couloir, sans allumer, de parcourir le tunnel en tâtonnant les murs, histoire de ne pas s'y cogner, d'atteindre les cabinets, de se soulager, de s'abstenir d'actionner la chasse afin de n'émettre aucun son et ainsi ne pas réveiller Manue.

Un seul manquement au rituel engendrait un effet domino aux conséquences dévastatrices. D'un dodo léger, le bébé chantait alors la carmagnole jusqu'au petit matin. Elle nous assommait de ses « Coucou ! », « Tiré les cheveux ! » et « Partout par terre ! » privant ses semblables, excédés, de leur sommeil paradoxal.

En dépit de l'habitude de mes nombreuses virées au Saint-Siège, la traversée restait propice aux hallucinations. Chez un gamin si jeune, ce corridor plongé dans les ténèbres, tel un traveling compensé à la « Poltergeist », m'exposait à toutes sortes de dangers. En particulier, la porte de gauche, passage obligé vers le séjour, et où, de toute évidence, chassé de notre chambre, se tapissait le sournois Canis lupus qui ourdissait des plans machiavéliques en latin pour me choper les doigts de pieds.

De multiples déclics ont jalonné ma vie. Ils m'ont aidé à m'affirmer et à franchir le cap suivant. Le premier de ma longue liste consista à affronter la bête du Gévaudan. Je me souviens avec précision du rêve qui me permit de rompre avec l'enfance.

Le monstre patientait comme prévu à la fameuse jonction et se rua sur moi. Intrépide, je lui saisis la gueule et l'écarta de toutes mes forces jusqu'à déchirer l'animal en deux. La frayeur disparut comme par enchantement. Le loup était mort ce soir. Je pus alors, bien que dans le noir, uriner en toute quiétude, en silence, et mon matelas n'entendit plus parler de pipi.

Ce qui m'empêchait de boucler mes mirettes en cette fin de journée s'avérait tout autre. Après l'annonce du chômage sans indemnités, je réalisai qu'en lieu et place des peurs anciennes, s'en ancraient de nouvelles. Celle de manquer, par exemple.

Notre dynastie n'avait jamais roulé sur l'or. Néanmoins, elle avait su composer avec les bémols que le Grand Chef d'Orchestre, un tantinet sadique et qu'elle priait au quotidien, avait glissés çà et là. Cette fois, pas besoin d'oreille musicale pour comprendre que ce canon où « découverts », « dépôt de bilan » et « défauts de payement » se répétaient à l'infini ne signifiait qu'une chose : nous n'avions plus un rond. L'existence n'accordait-elle donc aucun répit ?

L'oreiller sur la tête, je sentais de vraies larmes couler. Pas les faciles, celles qui venaient sur commande au moment d'amadouer entourage et institutrices. Non, les larmes chaudes, sincères, inépuisables de l'angoisse.

« Chantal, au secours ! » Il me fallait « un pays au ciel toujours bleu, fantastique, et magique, inventé par un magicien merveilleux ». J'ouvris grand les yeux, mais le charme n'opéra pas. Ma mère « biologique » n'intervint pas. Accaparée par des minots davantage en panique que moi sans doute.

Une vision sinistre de notre futur se dessina « sur l'écran noir de mes nuits blanches ». Le Clos Pirou se lézardant puis craquant de toute part, les gendarmes jetteraient à la rue la smala qui se trouverait livrée à elle-même. Comment aurait réagi Zora la rousse, dont le lit était fait de mousse et qui dormait à la belle étoile ? Sale comme une teigne, la sauvageonne aurait volé à l'étalage ou se serait contentée d'un bouillon de cailloux et de racines dénichées sous les bosquets. Qu'à cela ne tienne, je m'exécuterais.

Sans compter que sombrer dans la misère absolue pourrait offrir des avantages. Au moins, les adultes ne me forceraient plus à ingurgiter d'aqueux épinards. Leur obsession, depuis qu'un déprimant docteur m'avait diagnostiqué des symptômes d'anémie ferriprive. On ne me rétorquerait plus que : « Bon nombre d'enfants dans le tiers monde seraient ravis de les manger ». Ce à quoi je ne répondrais plus : « Envoyons-les-leur par la poste ». L'argument n'agacerait plus, et la sentence ne tomberait plus : « Tu ne quitteras pas la table avant de terminer ton assiette ».

Cet à-côté ne pesait guère face aux aspects négatifs de la situation. Devrions-nous désormais travailler pour apporter la nourriture ? Rintintin se débrouillait très bien. Pourquoi pas nous ? Il revenait régulièrement de l'abattoir avec, entre les crocs, un tibia qu'il mâchouillait en grognant dès qu'un individu s'en approchait. À moins qu'il ne le dénichât dans l'ossuaire du cimetière. « Pourvu qu'on ait fermé le couvercle ! ».

Me mettre au turbin ne me posait pas de souci. En revanche, ce qu'il adviendrait du Noël imminent m'inquiétait. Et quid des vacances lointaines, mais point d'orgue de ces années agitées ?

S'il y avait une période où je ronflais comme un sonneur, c'était pendant les mois d'été rue Lepesant à Saint-Cast, la résidence secondaire de Mamie et Papom, les grands-parents paternels.

Tous les ans à la même époque, la Chrysler décrépite y déchargeait Marie-Madeleine, Maurice, marmaille, molosses, minous, malard, et l'espace de quelques semaines, ce gîte devenait notre royaume.

Outre la photo de famille prise sur le perron de cette adresse, qui resta accrochée trente-cinq printemps à gauche de la cheminée, je garde du lieu un souvenir presque organique.

Comment oublier l'odeur des haies, de ses épines citronnées que nous écrasions entre nos mains ; le goût du cidre « fait-maison » obtenu au prix de journées passées à presser pommes et coings pas mûrs et qui condamnait les amateurs à la cuvette le lendemain ; le pétillement des bulles qui s'échappaient *dousik*[1] des coques pêchées la veille dans une bassine remplie d'eau de mer de façon à ce qu'elles dégorgent ?

Je me rappelle Berluseau, pourtant réfractaire à la tambouille, retournant la cuisine exiguë du sol au plafond lorsqu'il préparait sa bisque de bernard-l'hermite à « l'Arvoricaine ». Une soupe « gloubiboulguesque » assez réussie, parsemée de croûtons aillés, où le crustacé cuisait pendant des heures, tel un homard, avec des poissons de fond de filet. Le tout était broyé avec les carapaces et tamisé de manière à obtenir un velouté chargé en calcium.

Mother râlait, riait, c'était contagieux. Elle finissait cependant par y saupoudrer une épice, en cachette, qui relevait ce plat singulier.

Sur la côte d'Émeraude, l'ennui était persona non grata. Nous témoignions de créativité de septembre à juin eu égard à la monotonie de Loudéac. Alors, lâchés au cœur de l'adorable quartier tranquille qui surplombe

---

[1] Doucement en breton

la station balnéaire, il n'existait plus de limites à nos imaginations. La bicoque, son jardin verdoyant, le mobilier extérieur rouillé, les ruelles et culs-de-sac alentour, les criques où la tribu comptait parmi les seules à s'aventurer, tout nous appartenait.

Chaque saison estivale, impossible d'éviter les incontournables. La baignade déjà. Nous ne nous risquions pas sur la plage principale, bondée et turbulente. Elle n'aurait pas convenu à Emmanuelle dont la présence requérait le calme. Non, dès le premier rayon du soleil, direction le port, d'ordinaire sans les grandes personnes.

Depuis le bercail, la troupe s'y rendait à pinces en empruntant des chemins qu'elle présumait secrets. Ce qui ajoutait au mystère. Devant nous s'exhibait une vieille jetée grignotée par le sel et le vent qui séparait deux territoires. Celui de droite, peu praticable, car couvert de rochers et d'algues inquiétantes. Celui de gauche, prometteur, avec sa bande de sable lessivée et ses abondants coquillages.

Mes sœurs et moi nous y éternisions afin de construire des châteaux et d'attraper des crabes verts en nous efforçant de ne pas nous faire pincer. Et comble de l'aventure, comme la Manche montait de manière oblique, nous nous laissions volontiers coincer dans l'angle que formaient la digue et la rampe d'accès aux bateaux. Nous devions, pour ne pas mouiller nos sacs, rejoindre la route en utilisant une corde nouée depuis des lustres à un anneau d'amarrage par des autochtones espiègles.

Quand le clan disposait d'un véhicule, il pouvait atteindre des rivages éloignés tout aussi funambulesques, recelant de la même paix. Port Saint-Jean ou la Fosse, tout proche, recueillaient ses faveurs. L'itinéraire à lui seul fleurait bon l'expédition en terre inconnue. Rues des Vallets, du Port Jaquet, des Nouettes. Là, surtout ne pas oublier de tourner à gauche, rue des Tourelles. Puis à droite, rue de la Baillie face au manoir de la cousine par alliance du mari de celle qui avait divorcé d'un intime du prince Rainier de Monaco. Une aristocrate, assurément.

Sur place, pique-nique sous le bras et duo de cerises sur l'oreille, longeant le ruisseau de Kermiton, l'équipée descendait un sentier en sous-bois qui débouchait au pays des merveilles. Profitant d'une acoustique spectaculaire, je braillais « Des pâtes, des pâtes oui, mais des Panzanis », ma publicité préférée, devant les yeux admiratifs de Melaine et le regard amusé des rares habitués. Gros à parier que ce refrain résonne aujourd'hui encore en baie de La Fresnaye de la pointe de l'Isle jusqu'au Fort la Latte.

Chanter était ma liberté, une passion qui provient de mon père. Durant les interminables trajets en voiture, il introduisait dans le lecteur cette cassette orange. Nous écoutions Serge Reggiani et son incontournable chanson du *Barbier de Belleville.* « Je n'ai pas de voix, j'essaye quelquefois, mais ça ne vient pa-a-as, je ne suis pas doué pour l'opéra ». Nous faussions à l'unisson comme l'interprète et notre hilarité coupait court à toute tentative de « Est-ce qu'on est arrivé ? ».

Pierre Perret occupait la deuxième marche des artistes adulés pendant nos déplacements. Nous ricanions sous le manteau en apprenant « tout, tout, tout sur le zizi ». Mais la mélodie qui faisait l'unanimité demeurait *Les Jolies Colonies de vacances.*

Parce que Manue y participait également en greffant au répétitif « You kaïdi aïdi aïda » son célèbre « Bout d'caca ». Grâce à la rime, elle encore, le bébé avait le droit de transgresser la règle numéro un du « pas de gros mot ». Et comme son vocabulaire ne s'étoffait guère en dépit des années, ses sorties étaient encouragées, quand bien même il s'agissait de commentaires grossiers.

Sitôt les pieds dans le sable « le plus radioactif de France », ma mère installait une chaise pliante et s'y délassait avec l'ultime Simenon aux éditions *Bonne soirée.* Mon père, passionné d'archéologie, étudiait le Quaternaire. Il passait l'après-midi à observer les différentes couches de terrains mises à nues par les tempêtes successives.

Les marmots se vêtaient de leur maillot de bain, pudiquement protégés d'une serviette que Rintintin, joueur, s'obstinait à tirer jusqu'à nous abandonner, entre sourire et rictus, dans notre plus simple appareil.

À marée haute, sous le soleil ou la grisaille, la plaisanterie consistait à s'éclabousser d'eau froide, et bardés d'une mauvaise foi sans nom, à se persuader qu'« une fois dedans, elle est plutôt agréable ». Au jusant, nous pêchions crevettes, anémones et astéries au creux des baignoires ravinées sur les rochers.

Au milieu de cet écosystème riche où s'étendent d'innombrables parcs à moules de bouchot, quoi de plus naturel que de partir pêcher à pied ? Nous rivalisions d'ingéniosité. Qui remplirait le plus son panier de coques, palourdes et couteaux ?

Après plusieurs heures de collecte, Pater ordonnait de regagner la rive sur le champ. Sinon la fourbe marée nous surprendrait et le destin des Loiseau serait scellé par un encart au registre des faits divers de *Ouest-France*. Car d'après le dicton populaire qui n'a rien à envier aux fanfaronnades marseillaises : « Ça remonte à la vitesse d'un cheval au galop ».

À l'abri au bord, nous tirions profit des courants qui avaient chauffé au contact des vastes étendues de la baie. Ils nous donnaient l'illusion de nous baigner sous quatre centimètres de mer méditerranéenne. Les pêcheurs du dimanche, à la brune, se délectaient de moules marinières et de sandwichs de bigorneaux sur tartine de pain beurré. Avec en dessert, exceptionnellement, le célébrissime kouign-amann breton, qui avait tiédi au four avant dégustation.

Les jours de pluie, fréquents près de la côte nord, les parents se réveillaient au doux écho des parties de petits chevaux endiablées qui ne s'interrompaient qu'au moment des repas. Le chef de famille souvent absent et la cadette exigeant la présence permanente de maman, ils engagèrent Élisabeth, une nounou d'enfer, en vue de veiller sur les trois autres.

Jeune femme aux talents culinaires exceptionnels, cette gouvernante nous gavait l'été entier de quiches aux lardons, et glissait au fond de nos affaires des croque-madame tièdes qui faisait office de goûter. Elle possédait un réel don avec les mômes. J'ai entendu dire qu'elle enseignait en primaire. À coup sûr, ses élèves l'apprécient beaucoup.

D'ailleurs, avec sa complicité, nous jouions à l'école. Seuls des drôles de notre espèce s'adonnaient à une occupation pareille en juillet. Nono incarnait la maîtresse. Marine, le petit et Babette, les cancres. Nous riions à gorge déployée quand cette dernière grimaçait dans le dos de l'aînée, et quand celle-ci, du haut de sa pseudoautorité, lui notifiait de prendre la porte. Ce qu'elle s'empressait d'effectuer, au sens propre.

À l'avenant, Rinma et moi adorions reproduire la messe. La cérémonie nécessitait de gigantesques préparatifs : installation de l'autel, de bouquets de fleurs, du corps et du sang du Christ. Le tord-boyaux à base de jus de pomme nous procurait la sensation de boire du vin. Un pâton, mélange de farine, de lait, de chocolat en poudre et cuit avec un poêlon Le Creuset en émail orange nous fournissait une épaisse hostie.

La mise en place du rite durait si longtemps, que l'heure du souper sonnait. « L'esprit prompt, mais la chair faible », le duo dynamique désertait son décor au crépuscule et retrouvait la tablée au bout de laquelle un couvert supplémentaire était dressé. Au cas où, même en congé, une personne étrangère pointerait le bout de son nez. La passée de mode part du pauvre.

Le dîner avalé, les six sortaient se promener. Ils déambulaient, vareuse Le Glazik ou marinière Armor-Lux sur les épaules, rue du Duc d'Aiguillon, parallèle au boulevard de la mer où se concentraient glaciers et confiseurs. Des parfums de sucettes chaudes et de sorbets aux mille couleurs envoûtaient les gourmandises au son de standards de la décennie 70 interprétés par les sosies des Michel de l'époque. Hélas, « Les palaces, les restaurants, on ne faisait que passer d'vant » comme le mélancolisait Jonasz.

Néanmoins, les frustrations s'oubliaient vite, puisque papa, telle l'anguille qu'il raffolait taquiner, maîtrisait l'art de l'esquive. « Aimeriez-vous roupiller sous les astres ? La Voie lactée en août révèle de magnifiques ballets cosmiques ». Ni une, ni deux, nous rentrions au pas de course et disposions matelas et sacs de couchage au sol.

Maurice transmettait avec fierté son savoir et désignait du doigt différentes constellations aux noms aussi fantasmagoriques que Pégase, Orion, Cassiopée. Nos pupilles, illuminées d'étoiles filantes, s'ensommeillaient petit à petit avec l'espoir que les vœux, hasardés à cette occasion, se réalisent enfin.

Ému et flatté d'avoir été autant admiré, le ciel castin versait une pluie de larmes après que tous se soient endormis. La saucée précipitait, dans le chahut et la bonne humeur, les quidams à l'intérieur. Chacun tentant de terminer, bon an mal an, sa nuit entre des draps humides.

Les miens l'étaient ce soir-là à Loudéac, d'avoir trop pleuré devant l'avenir si incertain. La fatigue finit par réduire au silence mes élucubrations. Et tandis que je tombais définitivement dans les bras de Morphée, je sentis un battement d'ailes de papillon qui me consola et me chuchota : « Tout ira bien, ne t'inquiète pas ».

Debout là d'dans !

Trumpet Boy et sa Trompette Succès nous surprirent le lendemain. L'énorme tube *Réveil rock*, macédoine de rock and roll et de musique militaire, aurait ressuscité les morts. Ou du moins, extirpé du lit les récalcitrants. Il faisait partie de ces disques extraterrestres qui traînaient entre Léo Ferré et Barbara, immenses artistes devant l'éternel, mais pas super fendards.

Sous la pile hétéroclite s'était aussi glissé, à l'âge où ma lecture balbutiait, un 33 tours d'un rose pétard qui n'existe que dans les contes de fées. Sur la pochette dessinée au graphite, vêtue d'un chemisier aux manches brodées, une dame épanouie enlaçait son nourrisson. Tant de bonbonnerie ne signifiait qu'une chose : ce vieux vinyle de Chantal Goya avait échappé à ma vigilance. Je l'installai sans plus attendre sur la platine, faisant fi du titre pourtant dénué de toute équivoque : *L'Accouchement sans douleur*.

Les entraînements aux divers modes respiratoires créèrent en moi un trouble jamais éprouvé auparavant.

Il y avait parmi les inspirations et expirations, sans que je puisse mettre des mots dessus, une forme de tabou. Je baissai le volume de peur de me voir infliger une sanction.

Hélas, le comportement d'un fan n'obéit à aucune logique. Le diamant aussitôt relevé, je décidai de lui donner une deuxième chance en jouant la face B malgré le malaise. Les exercices de contrôle neuromusculaire me laissèrent aphone. Je rangeai, médusé et surtout déçu, l'objet au milieu du tas et priai sainte Aziliz que personne ne m'ait pincé à écouter ces gémissements évocateurs.

Afin de prouver que les propos de la veille ne constituaient pas de vaines paroles, l'apprenti chômeur s'était levé aux aurores afin de nous préparer un petit déjeuner pantagruélique. Au menu, viennoiseries tièdes de la boulangerie de la rue Neuve. L'odeur des croissants, « plus gros que n'importe où ailleurs au bourg », acheva de convaincre les frondeurs qui goûtaient peu au rythme martial de devoir rejoindre la table.

Pater, le finaud, savait comment amadouer sa progéniture. Il souhaitait marquer le coup et nous démontrer qu'il ne cesserait de batailler. Il avait lâché les rênes de la maisonnée le temps d'avaler la pilule. Cependant, l'heure était venue de reprendre son rôle de premier de cordée, sans forcer et avec gourmandise.

Ses rejetons retrouveraient l'optimiste, le patient et le travailleur, le courageux à l'enthousiasme communicatif qu'ils avaient connu. Mes camarades me l'enviaient et ne se seraient pas opposés à l'idée de l'accueillir en pension en remplacement du leur.

Au milieu des années 90, à l'époque où lui et moi nous consacrions au groupe scout de Loudéac, un enfant espiègle le dépeignit comme le Charles Ingalls français lors d'une de nos veillées autour du feu de camp. Il en possède, assurément, les caractéristiques. Maurice appartient à ces hommes qui coupent du bois à la hache sous la neige de manière à chauffer le logis ; de ceux qui suent sang et eau pour nourrir les leurs ; de ceux qui alertent les villageois de Walnut Grove contre les hordes de loups enragés aux abords de… je digresse.

Toujours est-il que nous le retrouvâmes affairé à la cuisine dès potron-minet. Et contrairement au souper précédent, une atmosphère détendue régnait au sein de la pièce ensoleillée. Les estomacs calés, les parents observèrent un bref silence puis proclamèrent avec une tendresse infinie :

– Nous vous aimons.

Au Clos Pirou, cette lexie se bissait à l'infini. Ne prêtez pas attention aux gens qui soutiennent que la notion perd de sa substance à force de répétition. Au contraire, elle s'enrichit des acquis du quotidien et son sens évolue. Le clan aime pour des raisons insoupçonnées chaque minute que Dieu fait. Alors, pourquoi s'en montrerait-il avare ?

Avant le décès inopiné de ma mère, je l'avais contactée sur Skype pour la causerie dominicale. Sa caméra mal centrée ne filmait, une fois encore, que son front ou son menton. Ce serait mentir d'avancer que le mauvais cadrage systématique ne m'enquiquinait pas. Pour autant, le tracas passait vite à l'as, car à la fin, l'important demeurait l'échange.

Ce dernier se conclut comme à l'accoutumée par un « Je t'aime » chargé en émotion. Trois jours après, elle tirait sa révérence. Accablé de chagrin, j'éprouvais toutefois un semblant de réconfort, de paix. Nous nous étions dit au revoir en sachant combien nous comptions l'un pour l'autre. L'importance des mots…

La douce introduction annonçait une mise en perspective de ce à quoi ressembleraient les mois à venir. Tel un plan quinquennal chinois, ils énumérèrent des objectifs cohérents, preuve que l'affaire avait été potassée le soir à l'abri de nos oreilles baladeuses. Il s'agissait de départ à zéro, de reconstruction, de sacrifice.

« Bla bla bla ! De toutes les façons, ça ne me concernera pas », pensai-je. Unique garçon, depuis la naissance, protégé des vilaines nouvelles, des pénuries et des dangers, je ne craignais rien. Ils n'auraient pas privé le chouchou de la tribu de ses inhérents privilèges.

– Nous tâcherons tous d'y participer, d'accord Tangi ?

Une armée d'anges défila au-dessus des brioches et disparut sous les vapeurs du café.

– Tangi ?

Cette mielleuse connivence me contrariait. Primo, hors de question que les règles à la mode bousculent mes habitudes. Deuxio, je ne supportais pas que l'on répète ce prénom que je n'idolâtrais pas. Pourquoi m'en avaient-ils affublé d'ailleurs et avec une graphie si peu commune ?

Mes copains nés en 1974 s'appelaient Stéphane, David et Olivier. Mes cousins et moi avions accusé la déferlante bretonnante. Les réunions familiales vibraient de Gwen, Maïwenn, Katell, Rozenn, Gaëlle et Nolwenn. À chaque rentrée des classes, je devais expliquer l'absence du « u-y », et comme je l'eus fait pour une table de multiplication, j'ânonnais :

– Mes parents désiraient garder la vraie orthographe, T-a-n-k-i. À la mairie, la préposée l'a exclu, car ça ne sonnait pas très républicain. Or, comme le « t » et le « g » sont identiques en breton, elle a transigé sur T-a-n-g-i. Il faut quand même le prononcer Tan-gui. Et ça veut dire « chien de feu » en celte.

S'ensuivaient, dès la première récréation, les quolibets des élèves qui aboyaient ou gazouillaient sur mon passage. Car mon patronyme ne me facilitait pas la tâche non plus. « Hé, le zoziaux, cuicui », « Fais comme Loiseau ! Ça vit d'air pur et d'eau fraîche ! » se pressaient sous le préau entre les matchs de foot.

Maupassant mit un terme à mes humiliations. Adolescent, saisi d'une appétence à l'égard de ses romans, je découvris en lisant *Boule de Suif* que Loiseau existait en littérature française. Et qui mieux est, dans la collection La Pléiade. L'orgueil m'envahit. J'en oubliais les quinze ans de misère à encaisser les railleries. J'étais Breton, chien de feu et mon nom appartenait déjà à la postérité.

– Tu as entendu ? Le ban et l'arrière-ban, insista Marie-Moitié afin de stopper la pause interminable.

– Et je suis assis sur lequel ?

– Qu'importe ! Toi par exemple, tu es le seul qui va encore à l'école à Saint-Caradec. Nous ne pouvons plus t'y amener en voiture vu son état et le prix de l'essence. Mais puisque papa est disponible, il t'accompagnera là-bas en vélo à l'aube dès début janvier.

Sur cet aspect précis, je partageai son avis. Les trous du châssis au travers desquels la smala entrevoyait la route offraient un brin de distraction pendant les longs trajets. Par contre, ils ne la rassuraient pas lors des voyages à six. Et les prières à saint Christophe de Lycie n'apaisaient guère nos inquiétudes à l'approche d'un alpestre dos d'âne.

Soit, nous n'avions pas les moyens financiers d'en acheter une neuve. Et puis, il aurait malgré tout été malaisé de s'en débarrasser tant notre Chrysler recelait une valeur sentimentale. En effet, comment ne pas s'attacher à ce véhicule qui nous avait rendu de si fiers services ; ne pas s'enticher du moteur qui menaçait de se noyer aux démarrages ; ne pas s'amouracher de la portière droite qui s'entrebâillait quand claquait la gauche et inversement ? Par conséquent, le parcours en bicyclette se justifiait.

Ce que je ne pigeais pas, c'est l'obstination à m'envoyer en primaire à Perpette-la-Galette. Nous en disposions d'une à cinq cents mètres du domicile. J'aurais peut-être renoncé à Sophie et Myriam, mais rencontré, en contrepartie, des enfants qui ne parlent pas que des tracteurs qu'ils ont conduits avec tonton Jeannot et de silos d'ensilage.

– Autre sujet d'actualité, coupa Maurice, nous devrons déployer beaucoup de créativité en ce qui concerne la communion solennelle de Marine en mai prochain. Un intérieur tiré à quatre épingles, un véritable repas de fête. Il faudra impressionner la famille qui sera présente au complet.

– Et Marie-Laure ? lançai-je.

Une gêne palpable s'éternisa.

– Oui, elle sera invitée.

La fausse jumelle de maman, le thème sensible. Je ne sus jamais quelle chamaillerie d'adolescente les avait poussées toutes deux à se tolérer plutôt qu'à s'apprécier. Toujours est-il que leur querelle aura gâché des pans entiers de notre enfance.

Les frangines auraient pu se simplifier la vie en prenant leurs distances. C'était sans compter sur la complexité des couples gémellaires. Figurez-vous deux sœurs qui, par un curieux hasard, épousèrent deux frères. Mon père et Léon, son aîné. Dotée d'un tel préambule, leur destinée se présentait sous les meilleurs augures. D'autant que les quatre travaillaient, ô bonheur, au sein de la fameuse entreprise de monuments funéraires, avant qu'elle ne coule, bien entendu. Pour couronner le tout, ils voisinaient aux numéros 16 et 17 de la rue Chaptal.

Le petit Tangi n'aurait pas été surpris, en pleine décennie meurtrière, de se réveiller au fond de la Vologne.

Chaque micmac administratif déclenchait de retentissantes colères qui résonnaient, selon le dicton du coin, jusqu'à Saint-Barnabé. Loiseau Villefranche-Le Bras Marie – ... s'étirant de tout son soûl sur les registres de l'hôtel de ville, la bureaucratie omettait volontiers de noter le deuxième prénom. Il n'était pas rare que la première soit flashée en excès de vitesse et que la deuxième perde des points à sa place. Ou pire que l'une vote le matin, et que la seconde s'en voie empêchée l'après-midi. Un simple mélange de courrier ou de colis et l'on ouvrait les hostilités.

Ainsi, le voltage du quartier frisait fréquemment celui d'une ligne haute tension. Et quand celui-ci faiblissait, l'on n'hésitait pas à inventer des vérités alternatives que l'on distillait à qui voulait bien l'entendre sans le moindre isolant. Gamin, je ne comprenais pas que le populo se préoccupe des bavardages de la vigie d'en face qui s'acharnait un peu beaucoup sur nous. Mais personne n'osait objecter en présence d'une semblable machine de guerre.

Pater répète à l'envie et avec un chouïa de fierté que son Tanginou est le seul qui ait eu le courage de lui tenir tête. L'épisode se produisit un soir d'hiver où la nuit tombe à bride abattue.

Le programme télé ne lui convenant apparemment pas, tatie saisit le téléphone pour nous adresser un blâme. Cette fois, les poubelles que nous avions sorties le jeudi à la place du vendredi lui galopaient sur le système. Je décrochai, et tandis qu'elle projetait sans filtre aucun l'objet de son ressentiment, nous traitant de romanichels, la moutarde me monta au nez. Je revis Marie-Madeleine pleurer à la suite d'une de leurs multiples altercations. Un « merde » m'échappa presque naturellement de la bouche et je raccrochai. Je l'imaginai hébétée avec son combiné qui jouait un « la » continu : « Ah ! Le p'tit con ! »

Tremblant de tous mes membres, j'admis que je venais de commettre l'irréparable. Elle descendrait de son mirador, d'où elle avait aperçu le méfait. Je passerais un sale quart d'heure. Cinq courtes minutes lui suffirent pour traverser, record battu. La motivation ne manquait pas, un mal élevé lui avait résisté. Elle cogna à la porte, exigeant de sermonner le délinquant et réclamant des excuses.

Du haut de mes huit ans, en dépit de l'insistance de Mother, je refusai et quittai la pièce en braillant : « Pas étonnant que personne ne t'aime ». Sublime tirade, digne d'acteurs légendaires ! J'aurais possédé une écharpe blanche, je m'en serais paré avec vigueur en me sauvant. Néanmoins, pris au dépourvu, je ne disposai que des larmes, faciles, qui me tirèrent souvent de terribles bourbiers.

La réplique lui cloua le bec. Du jamais vu ! La maîtresse de maison bredouilla un simulacre de défense pour combler le silence qui durait. L'intruse, désarçonnée, rentra dans ses pénates. L'incident aux oubliettes, je sentis chez elle une once de respect, comme si celle-ci avait trouvé un adversaire à sa hauteur. Ce qui ne l'empêcha pas de poursuivre son œuvre dès le lundi suivant.

Cette conduite héroïque ne changea pas mon appréhension vis-à-vis d'elle en grandissant. La peur se mua petit à petit en malaise à chaque nouvelle rencontre. Comme à ce dîner où elle s'assit à une chaise de moi. Un malencontreux mouvement me fit perdre le contrôle du cornichon que je m'apprêtais à déguster et il se nicha au creux de son généreux balcon. Vexée, la spéléologue avertie l'en délogea, me toisa et éructa de son ton si reconnaissable : « Tu espères le récupérer ? ».

Acte manqué, quand tu nous tiens. Je ne sais toujours pas ce que mon inconscient essaya de me révéler. Je me souviens juste du rire machiavélique en moi et de la certitude de nous avoir tous vengés à l'aide du condiment bondissant.

Des années plus tard, à l'occasion d'une opération jambon-frites organisée par une association sportive locale, je traînais à côté d'une table où mangeait ce qui subsistait des notables de la sous-préfecture. Ces gens « respectables » qui se prétendaient ses intimes se payaient une bonne tranche sur le dos de ma tantine absente à ce déjeuner. Les ricanements fusaient, ses oreilles sifflaient à coup sûr. Soudain, ils repérèrent le neveu, réalisèrent le faux pas et se turent. J'eus pitié d'eux, et d'elle.

De nombreuses théories auront été échafaudées pour expliquer la différence de comportement, l'écart considérable entre les sœurs, sans résultats probants jusqu'à présent. En définitive, elles demeuraient des filles nées sous l'occupation, élevées à l'identique par le même ménage. En moins de rien, Marcel, un frère, rejoignit les jumelles.

En l'absence d'école, Gaspard Le Guivarch, employé et ami athée de la famille, leur enseigna la lecture à l'aide d'un livre de catéchisme. Faisant d'une pierre deux coups, à droite et à gauche du recueil ouvert sur les genoux du professeur, les aînées déchiffraient leurs premiers textes. Mon oncle s'installait face à l'ouvrage et ces classes, en dilettante, lui permettaient de dispenser son instruction.

Cette posture saugrenue ne posa aucun souci jusqu'au jour où l'on remarqua que le petit avait appris à lire les lettres, à l'envers. Dans cette ambiance bon enfant « où tout n'était pas rose, mais où l'on n'a manqué de rien », les grands-parents élevèrent une thèse et son antithèse.

Melaine frôlait la sainteté. Selon mon point de vue, en tout cas, à peine biaisé. Qu'attendre d'un gosse qui se cacha une large partie de ses cinq premiers printemps sous ses robes ? Freud se régalerait. Associé à ce souvenir, a survécu un parfum que je nommai si élégamment « cuisses de madame ». Cela me valut d'ailleurs une punition de la part de Marie-Joelle Pelan, mon enseignante de maternelle alors que je lui exposai qu'elle le dégageait aussi.

Ce serait abusé d'affirmer que Marie-Madeleine fut parfaite. Au grand dam de son mari, Dieu l'avait dotée de poches percées. Derrière les vitrines achalandées de la rue de Pontivy, elle succombait souvent à des gadgets qu'elle abandonnait une semaine après sur une étagère. Ils ne s'avéraient « pas si indispensables que ça au bout du compte ». Elle exprimait, à l'occasion et à la volée des propos qu'elle aurait dû taire comme : « Je porte le même nom que la prostituée du Christ ». Papa s'en était offusqué et lui avait recommandé de ne pas réitérer pareil commentaire.

Ses plus belles perles résultaient de son étourderie et cela la rendait touchante. Elle nous raconta une fois, en rentrant d'un enterrement, que sa jupe plissée façon kilt s'était coincée dans la portière de sa voiture. Tout en avançant vers l'entrée du cimetière, elle découvrit, morte de honte, qu'elle exhibait aux paroissiens endeuillés, sa culotte et ses bas.

En somme, une femme ni mieux, ni moins bien qu'une autre et que je vénérais au-delà de la raison. Mon père est mon héros, son épouse, ma reine d'Égypte. C'est à son sujet qu'à l'école primaire je rédigeai ma première composition. Remplie de fautes, l'institutrice de l'époque la récompensa d'une note excellente, arguant auprès de ma Cléopâtre, fière comme Artaban, que de temps en temps le fond surpasse la forme.

Quelques bribes en froufroutent encore en moi : « la peau de ma maman est plus lisse que celle d'un bébé ».

Elle conserva la rédaction avec soin, me rappelant régulièrement de la ramener chez moi : « Je ne voudrais pas qu'elle disparaisse lors d'un nettoyage de printemps ». On répond oui et on oublie.

Les manuscrits se dispersent. Restent en nos mémoires les moments charnières qui marquent l'existence. Ses larmes au départ de son dernier pour l'université ; la cassure cet été-là où son scout de fils lui notifia qu'au sein de la troupe dont elle s'occupait, elle n'était pas sa mère ; l'émotion devant le miroir de la salle de bain quand son minot lui déclara, visionnaire : « Quand je serai grand, tu seras toute petite ». Je suis désormais adulte, et tu as la taille de ce minuscule éléphant de bois que tu as rapporté du Soudan et qui, devenu porte-clefs, m'a accompagné aux États-Unis et ne me quitte jamais.

« Des sapins dans les vitrines,
De la neige sur les collines,
C'est le temps des visiteurs de Noël ».

Le générique feutré s'éleva de la télévision de Stéphanie, ma gentille voisine, et sonna le début du goûter. Sa mère lui tendit une tartine d'un pain ménage garnie de confiture et de beurre demi-sel Paysan breton, reconnaissable avec son emballage au motif Vichy rouge et blanc. Elle l'engloutit d'une traite en pouffant des pitreries du Capitaine Caverne, des enquêtes de Scoubidou et des aventures de Prince noir.

Dehors, dissimulé près de la fenêtre, j'avais grappillé des extraits des palpitantes séries. Les gags visuels me permettaient d'y participer. En l'absence de son, je réinventais les trames des histoires. Je doublais moi-même, déjà, les protagonistes entre deux expirations au creux des mains jointes afin de les réchauffer.

Un lointain bruit de moteur pétaradant me surprit. J'en délaissais la planque et mon regard, imprudent, croisa celui de l'amie en question au travers de la vitre. Démasqué ! Je quittai leur jardin en courant, traversai la route et me précipitai vers ma chambre. « Pourvu qu'elle ne le dise pas à sa maman ! ». De toute manière, jamais à court de prétextes bidons, j'aurais su expliquer ma présence sur le pas de leur porte. Une balle égarée, un chien fugueur, l'apparition de la Vierge Marie, tout plutôt que de passer pour un voyeur qui n'a pas les moyens de s'offrir un poste.

Allongé sur le lit, les bras en croix, je voyais virevolter sur mon plafond les personnages magiques du programme de Christophe Izard. Sibor et Bora, Brok et Chnok, autant de marionnettes qui donnaient de la vie aux interludes entre les dessins animés d'Hanna-Barbera. Cette féérie en technicolor dont toutes les voix d'hommes étaient doublées par le génial Roger Carel me faisait presque oublier qu'à Loudéac, point de sapin dans les vitrines ni de neige sur les collines. Été comme hiver, il pleuvait sur de lugubres fagacées.

Ce monde fantasmé ne défilait que sur les écrans. Ou alors les visiteurs de Noël n'avaient pas eu connaissance de l'existence de mon patelin et s'étaient cantonnés aux grandes agglomérations. Parce qu'ailleurs, les nuits brillaient de mille feux. Saint-Brieuc, Pontivy, Vannes évoquaient Broadway avec l'orchestre de Jean-Claude Petit.

Chez moi, au cœur de décembre, les rues de la Chèze, de Cadélac, de Moncontour et de Notre-Dame s'égayaient de ce que le budget de la municipalité leur allouait. Entre les façades pendouillaient ici une étoile, là un angelot qui procuraient un brin d'allégresse quand le crépuscule tombait. Le centre-ville, encore vivant à l'époque, exhibait tout de même des devantures illuminées qui berçaient les badauds béotiens de l'illusion de se promener devant celles peut-être mieux ornementées des galeries Lafayette ou du Bon marché à Paris.

Quand, d'aventure, une course nous obligeait à bifurquer par la place des Halles, nous nous ruions sur la Boîte à idées. La seule boutique de jouets au bourg qui démystifia l'expression « lèche-vitrine ». La langue pendante, je convoitais durant d'infinies secondes les premières Atari et les coffrets de Spirographe. Mes pupilles s'illuminaient tel le nez du patient d'*Opération* devant le Rubik's Cube et les Hippos Gloutons. Les déclinaisons de Goldorak et de Capitaine Flamme que je ne connaissais que muets me laissaient aphone.

Au plus fort de la fascination, ordre était donné de remonter en voiture. Les sœurs et moi abandonnions cet univers inaccessible à contrecœur. Bien sûr, nous n'avons pas appartenu à ces groupes d'individus qui recevaient une orange pour leurs étrennes, et qui la conservaient en y plantant des clous de girofle. Ni ceux glorifiés par les chansons réalistes de Berthe Sylva : « Moi, jamais je n'eus de joujoux, car on est malheureux, chez nous ». Cependant, ces cadeaux s'avéraient hors de portée de notre bourse. Et surtout, dépourvus de téloche, à quoi nous auraient servi la futuriste console de salon Atari et son jeu *Home Pong*, le premier succès du genre ?

Les gamins Loiseau n'étaient pas les seuls à piaffer d'impatience dans l'attente de la nativité. À l'intérieur de chaque demeure, les bambins rédigeaient des lettres à destination du pôle Nord, tandis que les adolescents tannaient les adultes dans l'espoir d'obtenir les dernières nouveautés.

Par chance, les établissements scolaires proposaient une forme d'avant-première qui rassérénait la jeunesse frénétique. Celui de Saint-Caradec ne dérogeait pas à la règle. Selon le même rituel, une semaine avant les vacances, les livres et les cahiers sous leurs protections plastiques étaient rangés dans les pupitres en bois ; vestiges d'une éducation d'un autre siècle où ma génération a usé ses fonds de culotte au sens propre.

Les bureaux, pensés de manière à installer une paire d'écoliers sur un banc austère, offraient une surface à peine penchée. Avaient été creusés, en haut de celle-ci, deux rainures où logeaient les stylos et autant de trous où reposaient jadis des encriers en porcelaine. Dieu merci, la vague Waterman avec ses cartouches bleues avait déferlé dans nos cartables. La classe n'était plus tenue d'y plonger sa plume pour écrire un mot.

Une fois tout en ordre, les élèves descendaient au milieu de la cour. Deux par deux, en file indienne, ils se dirigeaient vers la salle des fêtes où un spectacle de clowns ou de magie régalait les marmots assis en tailleur sur le sol. Ensuite, le père Noël montrait le bout de sa barbe, trop fournie pour être vraie. Il distribuait aux enfants un ballotin de crottes en chocolat fourrées d'une pâte blanche infâme qui rappelait la colle Cléopâtre. Qu'importe, les mômes rentraient exténués et les dents gâtées. Le divertissement accordait aux familles un sursis avant la venue de Saint-Nicolas, l'authentique, paré de son costume écarlate imaginé par les publicitaires de Coca-Cola.

À l'approche du 24, toujours en train de digérer la super glue dont l'acteur rubicond et ventru nous avait gavés, je décidai de participer à ma façon au renouveau domestique en dotant le séjour de l'indispensable épicéa. Je partis au supermarché Suma, muni de chétives économies et d'une pièce de dix francs oubliée sous des papiers à en-tête « les Ateliers Armoricains », la défunte entreprise de Pater.

Je dévalai la rue des Violettes, juché sur le vieux vélo aux freins défaillants du grand-père, et croisai celles des Jonquilles, des Myosotis et des Primevères. Lorsque l'on mesure ainsi le peu d'inspiration dont la mairie fit preuve à la création du quartier, l'on devine mieux la frilosité à souscrire à d'originaux prénoms bretons pour les administrés nouveau-nés.

Arrivé sur le boulevard Étienne, principale curiosité de la ville, car c'en était le premier tronçon à quatre voies, je stoppai. Le danger menaçait sur cet axe fréquenté par ses deux véhicules à la minute. Une œillade à gauche, une à droite, je fonçai comme un dératé à destination du parking aux vingt stationnements qui me paraissait gigantesque.

Le biclou abandonné sans antivol contre la rambarde – sacrée époque ! Pour autant, qui en aurait voulu ? –, je pénétrai le magasin où travaillaient depuis des millénaires, semblait-il, les mêmes madames aux blouses roses et au grimage ripolin. La taulière me repéra de suite. Nous partagions une affaire désagréable, elle et moi, à cause d'un malencontreux paquet de chewing-gum Hollywood dont l'emballage m'avait aguiché et que j'avais subtilisé à l'arrivée en caisse. Du haut de sa suffisance, l'avion renifleur aux nombreuses heures de vol me dénonça à Marie-Madeleine qui se confondit en excuse en lui restituant l'objet du délit.

Je l'évitai donc et marchai vers le coin opposé où les épineux étaient alignés. En ballottant les pièces dans ma poche, j'estimai grosso modo la somme glanée. Le maigre butin me contraignit à un choix limité : soit le petit touffu et tordu, soit le grand élancé et déplumé. Je préférai le gigantisme. Dès qu'il serait décoré, nous n'y verrions que du feu.

J'effectuai un demi-tour, l'arbre entre les bras, et me retrouvai nez à nez avec l'indiscrète qui feignait d'étiqueter une bouteille de lait au rayon litière pour chat. Que présumait-elle ? Que je le cacherais sous le pull-over ? Que Tangi décamperait, camouflé sous la verdure, pieds apparents, à l'instar des Tex Avery ? Ah ! Que j'aurais aimé contre-attaquer son jugement inquisiteur par des répliques aussi caustiques que celles de Mother !

Néanmoins, dénué de repartie, je baissai les yeux et lui présentai ma mitraille. Elle me raccompagna et pleine de dédain, tapa le prix sur une caisse enregistreuse sortie d'un épisode de *Temps X*. Intimidé, je réglai le montant réclamé en jurant d'accumuler dans l'avenir assez d'argent pour acheter la compagnie entière, elle comprise. « Ça lui rabattra le caquet et je serai en droit de lui demander de se calmer sur le maquillage ».

Dix laborieux mètres me séparaient de la bécane. Le conifère, fichtrement lourd, était tarabiscoté de telle sorte que sa prise en main frisait la *Mission : Impossible*. Le porte-bagages serait mis à contribution. Ou pas. Devant cette quadrature du cercle, je regrettai de ne pas avoir joué plus longtemps à la boule Tupperware Toys. J'aurais développé une logique qui me fit cruellement défaut à cet instant précis.

Règle immuable depuis l'invention de la roue, un sapin ne s'installe pas sur une bicyclette, surtout sans tendeur. Je l'appris à mes dépens. C'est le véloche d'un côté, et l'acquisition traînant par terre de l'autre que je remontai la rue des Violettes qui ne m'avait jamais paru si pentue de ma courte vie.

J'arrivai chez moi, fourbu, enduit de résine et d'épines, les branches encore moins drues que lors de l'achat. Je tentai d'expliquer en larmes à Marie-Moitié les sacs de Chanett, la fouineuse, les difficultés topographiques et la sphère rouge et bleue. Émue, elle étreignit son bûcheron de fils et consola le vilain chagrin en ne cherchant pas à comprendre le mélivélo.

Malgré les bouleversements récents, les parents mirent un point d'honneur à ne rien changer aux habitudes. Les festivités se dérouleraient comme tous les ans quoique plus humblement. Et puisque l'arbre de Noël était arrivé, autant le parer de nos guirlandes et boules à l'éclat fané. De semblables décorations furent également scotchées ou punaisées sur les murs, histoire de les abîmer davantage.

Enfin, la crèche en plâtre, héritage des grands-parents maternels, compléta le tout au pied du pin. Elle n'était pas de première fraîcheur. Il manquait des jarrets au bœuf, le pied droit de Joseph, la tête de Melchior et le Petit Jésus restait introuvable. « Il est né le diviii-n'enfant, et il s'est carapaté », plaisantions-nous. Maman s'obstinait à le placer dans un endroit facile à se remémorer. Toutefois, elle ne s'en souvenait qu'en janvier. Au moment de rempaqueter le fatras, nous l'entendions s'écrier : « Ah ! Je l'avais posé là. Pourvu que je ne l'oublie pas l'année prochaine ! ». Peine perdue.

Les préparatifs terminés, il n'y avait plus qu'à guetter Noël, le Premier de l'an et mon anniversaire le lendemain de l'Épiphanie, le quarté gagnant. Une quinzaine sucrée, jalonnée de bûche à la nougatine, de chauds cacaos Van Houten avec des crêpes le dimanche soir et de galette des Rois. Si en plus, *Tad-Nedeleg*[2], qui n'existait pas, mais si en fait, m'amenait l'ultime version du *Soulier qui vole*, la terre aurait pu s'écrouler, j'aurais été comblé.

Sans compter qu'en décembre, le break rimait souvent avec Saint-Hovec, le lieu-dit où habitaient nos cousines préférées : Katell, Maïwenn et Rozenn. Tandis que cette dernière et mon aînée s'adonnaient à des activités de jeunes filles à la page, qu'Emmanuelle profitait des genoux de Nanie, la maîtresse de céans, le quatuor restant passait des après-midi au grenier, au sein du club Ka-Tan-Ma-Ma. La charte de ce groupe exclusif stipulait que les membres s'engageaient à se déguiser, à se maquiller, à élaborer des spectacles et à ruiner leurs adversaires lors de parties endiablées de Mikado ou de Monopoly. Dans la bonne humeur, évidemment.

Aux antipodes de la nôtre, la résidence Charmand proposait confort, rangement et décors raffinés. Bernard et sa femme s'équipaient de gadgets perfectionnés : téléphones à touche, minitel et voiture

---

[2] Père Noël en breton

Renault qui parle. Je prenais un malin plaisir à n'enclencher qu'à demi la portière et attendais cette voix robotique du futur avertir : « Porte arrière gauche mal fermée ». Comble de l'aisance, ils avaient construit une immense piscine chauffée couverte dont l'accès se situait, roulement de tambour, au bout du couloir. J'y vivais des heures de béatitude et ne souhaitais jamais en partir. Tout n'était « qu'ordre et beauté, luxe, calme et volupté ».

En cas d'indisponibilité de la famille Charmand, je rejoignais Marine, mon acolyte de toujours. L'émulation pour nous entraîner dans les âneries ne connaissait aucune limite. Notre relation mêlait complicité et adversité. Je me rendis très vite compte que je la dépasserais de plusieurs doubles décimètres. Haute comme trois puces à genoux, elle demeurait du moins la plus forte. « Je suis petite, mais concentrée », répétait-elle. Puisque nous maîtrisions des disciplines différentes, nous devions sans arrêt nous mesurer lors d'épreuves, de manière à savoir qui avait le dessus. Un jour, nous ouvrîmes la boîte de Pandore en inventant le fameux « T'es pas cap' ! ».

Démarrèrent alors une succession de paris fort dangereux et plus idiots les uns que les autres. T'es pas cap' de glisser ta tête entre les barreaux de l'escalier ; pas cap' de boire un litre de vinaigre ; pas cap' de plonger depuis la caravane délabrée avec un parapluie comme

Mary Poppins. Et sans doute le pire de tous : t'es pas cap' de faire le tour de la maison sur la gouttière.

Je pense que le cerveau des garçons ne se développe que tardivement parce que j'acceptai le défi sans broncher. On allait voir ce qu'on allait voir. Je montai sur le toit par un Velux et commençai le test l'âme conquérante. Sitôt gérée la crainte du vide, je progressai rapidement. Sept minutes s'écoulèrent et je me faufilai dans l'ouverture.

La sonnette retentit à cette seconde. La gageure qui ne s'était pas éternisée avait duré suffisamment longtemps pour que la voisine, madame Huilant, m'aperçoive depuis son balcon. À croire que la totalité des riverains avait les yeux rivés sur notre domicile.

Paniquée à l'idée que je tombe, elle s'était hâtée au Clos Pirou. Pataud, qui n'aimait pas les intrus, lui mordit le mollet sur une varice alors qu'elle pénétrait la propriété. Lors, c'est en hurlant de douleur et en aspergeant de son sang les marches de l'entrée qu'elle prévint ma mère du drame qui se tramait, non sous, mais sur son toit. « Vous êtes mabouls ou quoi ? » hurla Melaine. Bref, la tempête du siècle.

Échaudés, Rinma et moi prîmes une décision drastique. Mabouls, nous persisterions – pourquoi changer une équipe qui gagne ? – par contre uniquement sur le plancher des vaches. Nos natures de justiciers jetèrent leur dévolu sur le champ d'en face.

La parcelle où bruissaient les céréales en été et où meuglait le bétail en automne, disparut sans crier gare. Le clan vit pousser comme des champignons de hideuses baraques bâclées qui constitueraient le lotissement de la rue Jules Vernes : vingt mille lieux sous la merde ! Notre spacieux terrain de jeu nous avait été chouravé. Le chêne centenaire au cœur duquel nous comptions bâtir une cabane avait été coupé.

C'en était trop, le duo dynamite agirait au plus vite, façon FLB, le mouvement indépendantiste de la Bretagne, amnistié en 1981. Champion des attentats à l'explosif, le nom de l'organisation s'était étalé en première page de *Ouest-France* lors de la décennie 70.

Du bout des lèvres, Maurice nous avoua entre la poire et le fromage qu'il avait eu comme employé un certain Michel Larogable qui avait gravité autour de cette mouvance. Celui-ci, parti de l'entreprise, se retrouva accusé d'avoir fait sauter la résidence du commissaire divisionnaire Roger le Taillanter à Plouézec. Ce chef du service régional de la police judiciaire de Rennes deviendra après sa retraite un auteur prolifique de romans, inspirés de cette carrière consacrée à combattre le banditisme.

Désirant nous montrer dignes des relations de papa, nous décidâmes d'utiliser le même modus operandi.

Premier écueil, les apprentis terroristes ne possédaient pas de TNT. Qu'à cela ne tienne ! Le chantier désert, ils envahirent une des constructions, sandales de plage Méduse aux pieds, avec l'objectif de suspendre la destruction de leur espace vital. Un sac de ciment versé au fond d'une baignoire mélangé à de l'eau de pluie finirait par démoraliser le maître d'ouvrage. Les mauvaises graines redevinrent des enfants en saisissant que leurs chaussures laissaient de jolies empreintes sur le béton qui séchait.

Le lundi qui suivit, les ouvriers comparèrent devant mes parents dépités, les Mako moulages et les sandales, et telles des Cendrillons prises sur le fait, nous fûmes sanctionnés par de fastidieux travaux ménagers.

Après ces réprimandes méritées, un passage aux pays de l'imaginaire s'imposa. Je m'improvisais héros récurrent de mon feuilleton populaire qui ne nécessitait pas de télé. Chaque nouvelle bêtise complétait le générique de ma série *Les Quatre Cents Coups*, non pas de Virginie, mais bien de Tangi. Sur cette célèbre musique de Laurent Petitgirard, le spectateur me découvrait, l'air espiègle, me disputant gentiment avec un agent de la circulation, de ceux que l'on ne remarque que dans *Marie Pervenche*. Puis mon regard se tournait vers la caméra, je souriais. L'image se figeait et apparaissait en bas de l'écran en gros caractère l'intitulé « *Staring* Tangi Loiseau ». Il y aurait eu matière à dix saisons. Étant donné que ce n'est pas quatre cents, mais plus de mille sales coups que nous réalisâmes ma complice et moi.

Comment ne pas se souvenir du collage des touches du piano désaccordé, héritage d'une obscure aïeule, afin de décourager la vieille fille barbue qui nous servait de professeur de revenir ?

En solo nous atteignîmes également des sommets de sottise. Comme les fugues à répétition de l'avant-dernière, un baluchon attaché au bout d'un manche à balai avec à l'intérieur, l'indispensable quand on quitte le nid familial : un carré de chocolat et une culotte.

Quant à moi, je suppose avoir battu tout le monde à plate couture, à la suite de mon unique et mémorable coma éthylique, à quatre ans.

Tchoing ! Tchoing !

Ce son annonçait le retour de notre cousin Pierre-Augustin dans sa chambre sous les combles. En effet, le début d'année 82 fut marqué par l'arrivée surprise de l'aîné du frère de ma mère. Le grand-père avait prié son gendre de s'en occuper durant un temps indéterminé afin que le neveu change de décor. Il fut installé là-haut et ne sembla pas se plaindre du confort spartiate de la pièce, y trouvant l'isolement nécessaire à sa liberté et sa créativité.

En moins de rien, P. A., prononcé à l'anglaise, devint notre idole. Veste en cuir, fumant clope sur clope, grande gueule à l'argot facile, il nous familiarisa avec une attitude qui, en ce temps-là, échappait à notre entendement : il était rebelle.

Un jour en son absence, je me résolus à inspecter sa piaule. Il convenait de lever le voile sur la raison de ce raffut assez déroutant. La même clef limée ouvrant chacune des innombrables portes, j'y pénétrai et découvris un bazar sans nom composé de revues olé

olé – « Pourquoi la demoiselle ne met-elle pas de culotte » ? –, de paquets de Marlboro rouges, vides ou entamés et de vêtements non lavés entassés çà et là.

Cette vision ébranla les préceptes de l'éducation qu'on m'avait inculquée jusqu'à présent. Une fois atteint l'âge adulte, un type pouvait évoluer au milieu du désordre et ne pas se faire gronder. Intéressant. De manière à mieux cloisonner le gourbi, l'insoumis avait dressé un ample panneau en contreplaqué sur lequel il avait dessiné des cercles concentriques. Devant, de lilliputiennes billes de plomb jonchaient le sol. L'enquête sur la provenance du bruit étrange piétina jusqu'à ce que mes yeux se figent sur l'objet litigieux. « P.A a un flingue », bafouillai-je admiratif.

Nous abritions Che Guevara et personne ne bronchait. Fébrile, j'empoignai l'arme à air comprimé, puis l'assurance aidant, pris la pose façon *Drôles de dames*. « Il était une fois trois filles superbes qui avaient décidé de s'engager dans la police. Mais on les avait cantonnées dans des travaux bien peu passionnants. Alors moi, Charlie, je les ai sorties de ce cauchemar pour les engager. Et je ne le regrette pas, car ce sont vraiment de… » Tchoing !

Un diabolo jaillit à la suite d'un geste malheureux et se logea au travers d'une des poutres à nu. Je m'immobilisai et protégeai ma tête en attendant que le toit s'effondre. Œillade timide vers le plafond. Le projectile n'avait rien endommagé et ne retomberait pas de sitôt. Message à l'attention des actuels acquéreurs, fort à parier qu'il y crèche toujours. Après un astiquage frénétique de la pétoire de manière à effacer mes empreintes, je l'abandonnai à l'endroit exact où mon regard avait croisé le sien. Plus de doute, Pierre-Augustin, « T'es O.K., t'es bath, t'es in », Ottawan et leur coupe soucoupe allaient devoir se rhabiller.

La décision de le réceptionner ne surprit ni l'entourage ni la tribu puisque celle-ci avait posé comme postulat que le domicile accueillerait toute personne dans le besoin. Une conviction ancrée au fond d'elle-même. Les propriétaires du Clos Pirou, un des rares couples que je connais qui appliquait les principes de leur croyance au pied de la lettre, étaient, de fait, accoutumés aux allées et venues.

Il y eut, dans cette multitude, des ratés : des individus retors qui abusèrent de notre bonne volonté ; qui cultivèrent du cannabis sous des lampes fluorescentes au fond de la roulotte ; qui empruntèrent la voiture de papa et le briquet en or de maman jusqu'au barrage de la gendarmerie rue Victor Hugo. « C'est à vous ceci » ? Et à l'instar de l'évêque Bienvenu Myriel des *Misérables*, les parents consentaient à ne pas déposer de plainte pour redonner une chance aux quidams.

Toutefois, la majorité des gens de passage se comporta de manière respectable. Elle insuffla l'énergie et la fantaisie qu'il nous manquait, à nous qui ne possédions au fond de notre campagne que peu de liaisons avec l'extérieur et encore moins avec l'étranger. Impossible d'effectuer un décompte précis. Cependant, d'aussi loin que je me souvienne, pas un mois ne s'écoula sans une présence inhabituelle à la table du petit déjeuner.

Ainsi, ma famille fonda la première communauté ottomane de Loudéac en embauchant, longtemps avant le dépôt de bilan, Memich et Ismet, deux Turcs qui venaient d'être licenciés d'une fonderie en cessation et qui voulaient travailler. Comme ils ne constituaient pas une priorité sur la liste des HLM, mère Teresa et l'abbé Pierre proposèrent dans une spontanéité mécanique de les emménager à l'intérieur de la caravane. Malgré son état de délabrement avancé, la baraque fournissait le minimum pour s'y sentir chez soi : un robinet et une évacuation d'eau, sans omettre l'électricité.

Il ne me reste d'eux que des images floues. Une smala à l'étroit, ne parlant que des bribes de français, néanmoins ravie de l'opportunité qui lui avait été offerte. Ils nous laissaient jouer en compagnie de leurs enfants, que nous ne comprenions pas et qui pourtant nous apprenaient à picorer des graines de tournesol et à dire des gros mots : *bok*, *pipini*[3]. Spectateur insatiable, je dévisageais les messieurs à la peau burinée et aux moustaches broussailleuses, les femmes aux parfums de rose vêtues d'un foulard. Je m'enivrais de l'odeur de

[3] Caca, zizi en turc

tabac froid et des vapeurs de thé noir que la *aile*[4] buvait à longueur de journée.

À leur contact, j'éprouvais une joie immense en réalisant qu'il existait des idiomes, des senteurs et des faciès différents. Le monde se révélait plus riche que mon imagination ne l'avait soupçonné. Des cœurs battaient la chamade au-delà des frontières, chargés d'anecdotes exaltantes à partager. Mais une interrogation subsistait. Pourquoi parmi tant de destinations avaient-ils choisi Loudia ? Une seule réponse s'imposait. Notre bourgade s'apparentait au paradis sur terre.

Somme toute, quelle importance que le clan ne parte pas étreindre le monde, dès lors qu'il s'entêtait à surgir sur le perron ! La belle Europe prit, par exemple, les traits de l'association le Patriarche qui se consacrait aux soins des drogués repentis dans des lieux de vie communautaire. L'organisation fut renommée Dianova en réaction à de supposées malversations et violences sur des résidents de la part de Lucien Engelmajer. Le charismatique fondateur a d'ailleurs été condamné depuis et est mort en 2007.

Quoi qu'il en soit, aux prémices de la décennie 80, le collectif apparaissait indispensable, eu égard aux carences des pouvoirs publics vis-à-vis des toxicomanes et des malades du sida en France. Des groupes, venus

[4] Famille en turc

de pays limitrophes, se déplaçaient de ville en ville, pour vendre les livres de l'homme controversé, et essayaient de vivre en autosuffisance. Évidemment, lors de leurs errances, il leur fallait un point d'accueil. Une demeure spacieuse si possible qui pouvait les recevoir. Le presbytère, en lien direct avec nous par téléphone rouge, appela un jour à l'improviste : « Allô madame Loiseau ? L'abbé le Fol à l'appareil. Comment vous portez-vous ? J'aurais un service à vous demander ».

Et voilà que débarquèrent une dizaine de jeunes et que le 16 rue Jean-Antoine Chaptal se transforma en auberge espagnole avant l'heure. Je garde en mémoire la musicalité de ces langues étrangères si proches de la nôtre qui résonnèrent et instillèrent tant d'entrain du jardin au grenier. Ça vociférait en italien, bataillait en portugais, riait en espagnol. Nous jargonnions de toutes nos forces *Sarà perché ti amo* le tube increvable de Ricchi e Poveri. Et quelle ouverture sur les cuisines internationales ! Car bien sûr, chacun mettait la main à la *pasta* et préparait des repas typiques de sa région d'origine, en tirant parti de la *récoup'*, une expression à jamais inscrite au registre du vocabulaire familial.

Les vendeurs de bouquins se hasardaient auprès des supermarchés et commerces du coin après la fermeture et quémandaient les produits destinés au rebut. Des aliments consommables, mais abîmés ou aux dates de péremption dépassée. Ils accumulaient leur butin au fond du réfrigérateur devenu trop étroit. Au dîner, l'assemblée hétéroclite mangeait des spaghettis aux vingt-deux fromages périmés, des acras de morue à base de flétan, des paellas dépourvues de fruits de mer ou de viande : du riz au safran en somme. Finies les soupes austères, bonjour l'exotisme ! Un tour de la méditerranée en quatre-vingts plats.

J'ai une pensée émue à leur endroit. Pour la plupart atteints d'un mal que les conformistes qualifiaient autrefois de cancer des gays, nombreux sont ceux qui nous ont quittés. Une maladie honteuse dont on murmurait à peine le nom entre deux couloirs à l'abri des minots. Je ne m'expliquais pas pourquoi les grands s'obstinaient à passer de la javel sur les cuvettes des toilettes et sur les surfaces que ces attachants invités avaient touchées, voire frôlées. Nous avions ordre de ne pas nous approcher trop près, en particulier s'ils se coupaient. Nous obéissions, à contrecœur. Nous les trouvions si sympathiques, si amusants.

Puis en 1983, après la découverte de Françoise Barré-Sinoussi et Luc Montagnier de l'institut Pasteur et les unes du *Monde*, de *Libération* et de *Paris-Match*, le sujet fut médiatisé. La marmaille saisit enfin les précautions, extrêmes, imposées en leur présence. Il n'empêche que j'admire le courage des adultes. En dépit de leur peu de connaissance de ce syndrome, ils les acceptèrent, prêts à les aider dans leur quête de réhabilitation. De nouveau, sans questionner, parce qu'il s'agissait de la réponse humaine et chrétienne à donner.

La planète au-delà des limites européennes s'offrait à nous au surplus. Entre Berluseau et sa femme, c'était, peu s'en faut, à celui qui ramènerait les énergumènes les plus originaux. Pater convia des Américaines, Barbara et Bobby. De gigantesques plantes *Absolutely Fabulous* qu'il avait rencontrées à Paris et qui s'installèrent chez nous une quinzaine. Mother, quant à elle, davantage orientée hémisphère sud, opta pour un duo de baroudeuses australiennes trempées jusqu'à l'os suite à une averse bretonne. L'hospitalité celtique lui dicta qu'on ne pouvait décemment pas les laisser se transir de froid.

Nous voilà donc maison d'hôtes en l'honneur d'adorables *mates* de Sydney qui démontrèrent aux gamins captivés que la mappemonde Michelin nous induisait en erreur, leur île se situait en son centre ; qui parlèrent de kangourous boxeurs et d'aborigènes à la peau… ébène ? Autant je connaissais l'existence du marsupial, autant un individu foncé ne paraissait qu'élucubration. Je n'en avais jamais vu. Il aura fallu attendre l'arrivée d'Amadou, nouveau joueur de l'équipe de basket du club sportif Saint-Joseph, pour que bon nombre de mes camarades et moi-même pigions ce qu'était un homme de couleur.

Les blondinettes des terres australes partirent une semaine plus tard après avoir dépensé leurs ultimes économies en Cuisse de Bergère, le tort-boyaux national qu'elles avaient élevé au rang de nectars des dieux.

Une population conventionnelle peuplait également notre logis. À seize ans, Nolwenn appartenait à la caste des lycéennes populaires selon le classement encore en vigueur au sein des *high schools* américains. Elle était entourée de ce qu'il y avait de plus branché, des nanas les plus en vue, des mecs les mieux lookés. Marie-Moitié aurait dit « Vous dévorez votre sœur des yeux comme un chien le ferait avec une saucisse ». Elle ne se serait qu'à moitié trompée.

Nous vouions un culte sans borne à l'adolescente studieuse, jolie et plébiscitée qui disposait d'une longueur d'avance quant au lexique et à la musique à la mode. Outre OMD, « Les nez » me rompit à des *bands* en vogue en me copiant ses cassettes. Je pleurais toutes les larmes de mon corps sur *Bridge over Troubled Water* de Simon and Garfunkel, élaborais des funérailles démentes sur *Goodbye Stranger* de Supertramp. Oui, je m'étais maintes fois figuré de feindre ma mort, et de me cacher à l'enterrement pour observer « les sanglots longs » des proches lors d'une poignante cérémonie. La proximité du cimetière et l'ancienne profession du paternel n'y étaient, certes, pas étrangères.

Toujours est-il que mon aînée, en phase avec son époque, organisait des boums pour les anniversaires, le sien et ceux des copines. D'abord en après-midi, au salon puis le soir, voire la nuit au grenier où une ribambelle de potes s'entassaient jusqu'à ne plus pouvoir respirer. À des années-lumière de l'atmosphère bon enfant du film au titre éponyme, les bambocheurs n'y écoutaient pas *Dreams are my reality*. L'ambiance vibrait aux sons new-wave et rock. Les ados y dansaient, buvaient et fumaient leurs premières cigarettes.

Marine et moi les scrutions par les trous de serrures, à la fois envieux et ahuris par le cirque qui s'y tramait. « Les amoureux sur le canapé s'embrassent sur la bouche en y mettant la langue. Le garçon à gauche se promène torse nu. Nono crapote ». Excédée d'être espionnée, elle finissait par glisser du papier toilette dans les serrantes pour plus d'intimité. Jamais à court d'idées, nous collions des verres contre les portes afin de capter des extraits de potins couverts par le puissant *beat*.

– Ah laisse béton, j'ai les glandes, tu sais Sandrine, j'étais morgane d'elle, mais elle est craignos. J'assurais, elle avait l'air de s'éclater, et quand je me suis penché pour lui rouler un patin, t'imagines pas ce qu'elle m'a mouftė ? « Tu veux pas cent balles et un Mars ? » J'hallucine.

Au moment du compte rendu auprès du chaperon, heureuse de bénéficier d'oreilles baladeuses pour exécuter le travail ingrat à sa place, nous évoquions, preuves à l'appui, et avec force détails les baisers et les cendriers. L'exposé perdait de sa précision quant à leurs sujets de conversation : « Il y a un gars qui grogne à cause d'une histoire de patin à roulettes et de construction en béton. La fille cherche à arranger le truc en le payant en barres chocolatées. C'est pas super clair pour moi non plus ».

Tant que les soirées ne viraient pas à l'orgie, elles étaient autorisées. Jeunesse devait se passer. Dès potron-minet, nous retrouvions les chahuteurs à la pupille paresseuse qui avaient souvent – mal – dormi in situ. On lançait une troisième cafetière pour désembrumer les intellects et dissiper un état pas si mystérieux que ça pour bibi : la gueule de bois.

Pourtant, l'alcool demeurait la grande absente de nos placards, sans jeu de mots. Bien qu'assurément, ma mère sirotât une flûte de Champagne lors de repas de fête, son mari se priva de ce liquoreux plaisir une large partie de sa vie pour soutenir untel ou unetelle que l'éthylisme anéantissait. Le projet lui était venu au retour du service militaire, qu'il avait accompli au Ténéré, connu comme le désert de la soif, ça ne s'invente pas. Il rencontra un couple, fort dépendant par le passé – douze litres de cidre au quotidien par tête de pipe – qui s'en était sorti grâce à la Croix d'Or, désormais Alcool Assistance. Cette réussite convainquit l'ancien circonscrit de tendre la main aux personnes en souffrance en les accompagnant symboliquement dans leur abstinence. Aujourd'hui encore, il refuse volontiers un godet. Ce qui explique, en tout cas, l'absence de bouteilles chez nous et l'ignorance totale des dangers liés à la boisson auprès du petit dernier.

Jusqu'à ce qu'arrive, en 1978, monsieur Redoublat. L'ami de longue date désirait un pied-à-terre le temps de régler son divorce. La maison, guère encline au jugement, leur ouvrit ses bras, à lui et à ses affaires de toilettes raffinées. Parce que le dandy s'aspergeait le matin d'après rasage Brut de Fabergé. Ces ravissantes fioles remplies d'un liquide vert qui ressemblait à s'y méprendre, pour l'œil non averti d'un marmot de quatre ans, à du sirop de menthe. La curiosité dama le pion aux conseils avisés de mon Jiminy Cricket intérieur. Je me rinçai la dalle. S'en suivit un trou noir. Les récits serinés à chaque Saint Tous Là et le rapport de la protection de l'enfance me révélèrent a posteriori ce qui s'était déroulé.

Le soir même, le dessert se composait d'une semoule au lait et aux raisins secs. Marie-Madeleine ne la préparait pas très épaisse et la servait dans des assiettes creuses, au même titre qu'un potage. À croire que nous ne mangions que liquide. Mon comportement aurait viré, d'après le scénario officiel, en un mouvement oscillatoire qui me faisait passer du rire aux larmes avec une aisance embarrassante. Ce qui les étonna sans pour autant les inquiéter, étant donné la réputation de pignou qui me collait aux basques.

Ensuite, ça se serait corsé. Pourchassant des mouches imaginaires j'aurais prétendu voir deux mamans avant de tomber la tête la première dans l'entremets, au ralenti et au son d'un bruyant fou rire pas « tibulaire », mais presque. Je restai inconscient huit heures d'affilée. Panique, urgences, examen médical, résultat sans appel du docteur responsable :

– Monsieur et madame Loiseau ? Je suis désolé de vous annoncer que votre fils est en plein coma éthylique. C'est assez grave et surtout anormal chez un enfant, appuya-t-il, accusateur. Le personnel procède à un lavage d'estomac.

Maurice rentra pour mener l'enquête tandis que son épouse me veilla la nuit entière. Il repéra le flacon de Fabergé renversé dans le lavabo et une brosse à dents recouverte d'une pommade anti-hémorroïde, que, de toute évidence, j'avais utilisée pour supprimer l'odeur réalisant sans doute la bêtise. Il semble que la Préparation H atténua les effluves d'alcool vu que mon entourage ne s'en rendit pas compte. Néanmoins, la crème étant prévue pour un autre orifice, toute tentative est vivement déconseillée.

À l'aube, tel Lazare, je me réveillai. Devant moi, Melaine soulagée, et aussi surprenant que cela puisse paraître, Marthe et Marie, les infirmières en pleurs. L'esprit ailleurs, une question me taraudait et je n'osais la poser. Pourquoi m'avait-il ramené parmi les vivants ?

Vingt diou !

Auraient vociféré les anciens du village au lieu de blasphémer. En ce matin du 4 janvier 1982, tout juste remis des excès de la Saint-Sylvestre et de ses bonnes résolutions, le moment était venu d'honorer la mienne. Je devais grimper sur mon vélo afin de gagner Saint-Caradec escorté par le chef de famille.

Soldat, songe que, du haut de ta bécane, dix kilomètres t'attendent. Si Bonaparte et ses six cent mille hommes avaient échoué lors de la campagne de Russie, entre autres, à cause de la météo, quelle probabilité avais-je d'arriver à destination par ce froid sibérien sur une bicyclette rouillée ?

Je regrettai d'un coup les insultes proférées à l'encontre de notre Titine parce que son démarrage capricieux menaçait de noyer le moteur et qu'elle ne tenait encore debout que par l'opération du Saint-Esprit. Je ne l'avais jamais trouvée aussi confortable et fiable avant ce premier départ. La tentation d'ouvrir les vannes en vue d'amadouer les témoins me titillait plus qu'à l'accoutumée. Non ! Une promesse est une promesse et je respecterais la décision prise en concertation avec les parents. Je m'étais levé aux aurores, habillé chaudement, il ne fallait surtout pas laisser filer la frêle motivation.

La sécurité prévalant, nos antiquités sur roues furent inspectées pour trois francs six sous par des gitans dont le campement s'était établi à quelques encablures de la maison. Ces nomades voyageaient de ville en ville, et proposaient aux habitants du quartier où ils s'installaient, de réaliser de menus travaux. Ils aiguisaient, par exemple, les couteaux de cuisine. Cette industrie suspecte n'arrangeait en rien leur réputation douteuse parmi les Loudéaciens. D'autant que pendant leur présence, les objets dans le voisinage avaient une fâcheuse tendance à disparaître.

Par la fenêtre des chambres, la smala assistait au ballet incessant des voitures de police qui saisissaient sous leurs caravanes, ici, la télévision flambant neuve de madame Legoff, là, l'outillage dernier cri de monsieur Guillou. Marine et moi ne nous en souciions pas. Ces fils du vent étaient nos copains. Nous les rejoignions entre chien et loup, pressés de nous amuser avec les enfants et d'écouter les adultes interpréter des chansons tziganes à la guitare. À tel point, que le Clos Pirou, comme protégé par le sang de l'agneau sans défauts de la Pâque juive, évita les cambriolages. Ou peut-être n'y avait-il rien à chaparder.

Transi par la gelée d'hiver, papa me tendit mon canasson remis à neuf. Au moins, il ne pleuvait pas. Je lisais, au fond de ses yeux motivés, une sorte de frénésie. Car toute nouvelle expérience exigeait d'être vécue comme une aventure, et il essayait de partager cette ébullition avec son fils. En ce qui me concerne, un double défi se présentait. Premièrement, l'aspect physique. J'admets n'avoir jamais appartenu au groupe des athlètes émérites. En 2022, je m'invente encore des excuses bidon pour échapper aux cours de yoga séniors : « Une nuit d'insomnie épouvantable », « Les sushis de la veille manquaient de fraîcheur ».

Le couple Loiseau aura pourtant inscrit son rêveur à de nombreuses activités pour le remuer. Le basket, où je passais plus de temps sur les bancs que sur le parquet, alors que le coach m'avait relégué à l'équipe des nuls. Le rugby ensuite. Jean-Luc, un ami de Nolwenn, lui avait assuré que ça endurcirait son chamallow de frère. Les placages et la gadoue ne me convinrent pas. Ça salissait beaucoup trop ma toilette composée d'un jogging gris souris neuf et de tennis blancs cirés de la veille. Tant et si bien que l'on se résolut à me laisser choisir des occupations culturelles et le monde du sport poussa un retentissant soupir de soulagement.

Deuxième gageure, enquiller les kilomètres de bitume seul avec mon père, ce grand absent de mes premiers printemps eut égard au vampirisme de son boulot. Soit, il nous accompagnait le week-end ou aux vacances d'été. Cependant, jamais nous ne nous étions retrouvés seuls tous les deux. La communication s'opérait par l'entremise de Marie-Madeleine qui jouait le rôle de standardiste téléphonique souvent à la limite de la saturation.

Ce n'est qu'à la suite de son décès que ma relation se tissa avec lui sans aucun intermédiaire. Les vieilles habitudes lexicales ont la vie dure, puisque aujourd'hui encore, chacun de nos messages à l'attention de la défunte prend la forme d'un fax, divin, cela va sans dire.

Toujours est-il que la tribu ne le voyait guère. Du lundi au samedi, Maurice turbinait sur les machines des Ateliers Armoricains dont il détestait le bruit assourdissant. Le dimanche, il se reposait, reclus, tentant d'oublier, un temps, l'éprouvant labeur qui ne le satisfaisait pas.

Comment aurait-il pu en être autrement ? L'individu recelait depuis sa naissance une fibre artistique. Assez dissipé en classe et peu enclin aux études dites normales – bien qu'il ait obtenu en fin d'année de CM2 le prix d'excellence à force d'empêcher ses camarades de bûcher –, Momo avait été orienté vers la gravure de la pierre. Il s'épanouit à l'École des Arts appliqués installée à l'Hôtel de la Mare d'Aluze à Beaune qui avait servi de Kommandantur durant la Seconde Guerre mondiale. Ses pairs louaient ses talents et le jugeaient doué, consciencieux et subtil. Pas étonnant que cette usine où l'on polissait du granit à la chaîne ne le comble pas.

Ce dépôt de bilan s'était avéré une aubaine, tout compte fait. Le choc lui avait permis de couper le cordon ombilical d'avec sa famille et de se réinventer ailleurs, seul cette fois. Sa rencontre avec la radiesthésie lui ouvrit la voie vers la géobiologie. Il devint un professionnel renommé au niveau international et entra dans les petits papiers du CNRS.

– Sept degrés, déclara-t-il, le thermomètre extérieur dans les mains. Tu es suffisamment vêtu ?

Un oui dodeliné de la bobine, amplifié par les frissons qui me remontaient depuis le bas du dos, conforta Berluseau. L'itinéraire s'annonçait plein d'inconnues d'autant que Pater jeta son dévolu sur des routes secondaires à l'abri de la circulation. Le chemin de fer franchi, le peloton s'engagea rue du Docteur Plesse, puis rue Surcouf à gauche, juste après le centre Leclerc. Ce premier tronçon le conduisit à une immense descente en terre qui menait vers la Ville-Basse, baptisée ainsi pour d'évidentes raisons.

L'accélération brusque provoqua en moi une décharge mêlée de délices et d'effrois. Mes joues de gamin s'empourprèrent au contact de la vivifiante brise. J'effectuai ma rentrée en cerf-volant. « Il est libre, Max, y'en a même qui disent qu'ils l'ont vu voler ». Au milieu d'une pareille euphorie, les paysages brumeux et les lieux-dits aux noms abscons se parèrent d'un charme indéniable.

Soudain, une voix retentit : « Hé, Lucky Luke, tunnel droit devant, gaffe au scalp » ! En effet, s'avançait à vitesse grand V une minuscule percée sous la départementale 41 au cœur de laquelle nous ne tarderions pas à nous engouffrer, dans trois, deux, un : « Baisse la tête, t'auras l'air d'un coureur » ! Une fois les paupières rouvertes, je mesurai l'immensité du trou dans lequel nous nous étions engouffrés à toute allure et admis que je m'étais fait avoir. Notre fou rire se démultiplia en écho sur les parois métalliques de l'ouvrage d'art. L'aventure, j'avais enfin compris.

Au sortir de notre hilarité, je suivais l'entraîneur au pas de course. Je ne me laisserais pas distancer, c'était une question d'honneur. Ce circuit qui m'était tout d'abord apparu comme une corvée avait fini par revêtir des allures de conquête de l'Ouest. Au loin, une harde de sangliers fonçait à travers champs. Puis, sorti de nulle part, un chevreuil traversa à une douzaine de mètres de nos deux roues. Pourquoi n'avions-nous pas emprunté ce parcours avant ? Extasié face au spectacle, j'entendais mon binôme fredonner avec entrain *Ego sum pauper* son canon préféré. L'oxygénation n'expliquait pas tout. Depuis qu'il avait arrêté de travailler, non seulement il assumait parfaitement son rôle d'homme au foyer, mais de plus, ses proches le sentaient plus jovial.

Certes, la situation financière ne s'était pas embellie. Néanmoins les semaines étaient ponctuées de batailles de polochons au réveil et de parties de cartes endiablées où tout le monde trichait sans vergogne. Le dimanche soir, rue Pasteur chez Mamie et Papom, les grands-parents paternels, les trois générations riaient à gorge déployée à l'instant où commençait le générique du *Muppet Show* : « D'un coup de baguette magique, faites place à la musique ».

Nous arrivâmes essoufflés à Sainte-Thérèse, et très en avance. Une première puisque, même avec la Chrysler, ça ne s'était jamais produit. Et mon acolyte de héler depuis sa bicyclette en repartant : « Le sens inverse vers dix-sept heures ». Ah oui, le retour !

La cloche sonna. Mon père, aussi fier que Bernard Hinault, victorieux du Liège-Bastogne-Liège, patientait derrière le lourd portail qui séparait la cour des véhicules. Il semblait flotter au-dessus du mouvement de va-et-vient. Quelle joie de le distinguer sur le trottoir, tout barbu et chevelu qu'il était ! Une irréfutable complicité s'était réinstaurée d'instinct entre nous. Le sang trouve toujours un moyen de recréer le lien comme le décrit Gabriel García Márquez au chapitre VII de *Cent ans de solitude.* Tandis que les bambins s'entassaient dans le bus Lemeur aux rayures bleues ou la voiture de leur moman, j'enfourchais mon destrier, empruntant des sentiers sauvages, vers l'infini et au-delà !

L'excitation fut vite douchée. Dès la rue Nationale passée, la hardiesse retomba tel le soufflé au fromage de Mother. La pente vertigineuse du matin s'était transformée, la scélérate, en une puissante montée infranchissable. Je descendis du biclou, malgré les encouragements et décidai de marcher à côté prétextant des ballonnements, ma maladie à la mode. À tel point que longtemps, à l'interrogation « Souffrez-vous d'indispositions chroniques ? » sur les formulaires que l'établissement scolaire nous demandait de compléter au mois de septembre, je répondais : crises d'aérophagie. Le terme ampoulé ne pouvait qu'impressionner lors d'un dîner en ville. Je n'ose imaginer la trombine hilare de la maîtresse à la lecture de ladite fiche. Elle et ses collègues devaient se gondoler autour de la polycopieuse qui imprégnait nos feuilles d'exercices de cette inimitable odeur d'alcool.

Vexé, cheminant cahin-caha sur la côte qui nous rapprochait du confort familial, le hasard allait de nouveau intervenir et relancer les péripéties. Mes pupilles baladeuses découvrirent un porte-monnaie bien garni, égaré parmi les fourrés. Je rappelai Poulidor, déjà au sommet, et lui montrai la trouvaille. Je risquai un : « Et si on gardait l'argent ? ». Première leçon d'honnêteté. Tu ne voleras point.

– Non, Tangi. Nous l'amènerons à la gendarmerie, et si dans un an et un jour personne ne l'a réclamé, il t'appartiendra.

En dépit de timides protestations de ma part, Charles Ingalls resta ferme. On ne touche pas à la propriété d'autrui. Considérant ma bouille déçue, il tenta :

– Par contre, nous insérerons un encart sur les pages des quotidiens locaux pour en informer les Loudéaciens.

Cette proposition avait-elle été suggérée de façon délibérée ? M'avait-il si bien cerné que cela ? Quoi qu'il en soit, la machine à rêve s'ébranla. Elle ne fonctionnait plus au charbon, elle carburait au nucléaire. Je remontai sur la selle et pendant que je luttai contre la gravité avec la témérité d'un futur prix Pulitzer, je rédigeais l'article dithyrambique qui changerait à jamais le regard que les gens posent sur moi ici et en France.

D'où venait cette obsession de vouloir monopoliser les colonnes journalistiques ? Avec *Le Télégramme*, *Ouest-France* et *Le Courrier indépendant*, je n'avais que l'embarras du choix. Les employés des trois canards me connaissaient par cœur parce que je participais à toutes les animations gratuites de la commune et me glissais invariablement face à l'objectif. Ou mieux, je me faisais interviewer. L'étui m'avait donc été envoyé par le destin. Je formulai :

« Découverte incroyable.

Hier, sur la route entre Saint-Caradec et Loudéac, Tangi, un adorable petit garçon blond, natif de Pontivy, a repéré un portefeuille rempli de lingots… »

Bof ! Que ce soit un minimum plausible : « rempli de pièces d'or ». Ça rentre davantage dans un espace si restreint.

« En se rendant à l'école à vélo – sport qu'il pratique à haut niveau depuis son plus jeune âge, et pour lequel il a délaissé le football avec Armel aux récréations –, ses yeux aussi perçants que ceux de l'aigle royal américain, ont détecté sous les ronces d'un talus inaccessible, le fameux objet. Sur la photo ci-dessus, vous l'observez, en compagnie de monsieur Yves Ropers, maire de l'agglomération, confiant son butin au commissaire Maigret, dépêché sur place vu la portée de l'événement. Édouard Bertereau, préfet des Côtes-du-Nord, envisage de le décorer de l'ordre du Mérite devant tant de bravoure et d'intégrité. Si le propriétaire ne donne pas signe de vie, la somme rondelette sera allouée à cet incorruptible gaillard que la population surnomme, et c'est de bon augure, Rockefeller ».

Aux dernières nouvelles, la bourse se morfond toujours sur l'une des étagères de la consigne de feu la maréchaussée.

Les mois qui suivirent nous permirent d'améliorer notre temps de trajet sous la pluie et la neige. Cette trotte n'avait plus de secrets. Nous maîtrisions chaque virage. La côte du retour ne m'intimidait plus. Il s'agissait d'un challenge quotidien, et je battais périodiquement mon record. Pater se portait de mieux en mieux. Personne ne se serait autorisé à le reconnaître, toutefois nous le pensions si fort : Chic, papa est au chômage ! Et puis un soir où les températures s'étaient adoucies, à la sortie des élèves, je l'aperçus qui me guettait avec des cannes.

– Nous allons où avec ça ?
– À la pêche à la grenouille.

Qu'est-ce qui clochait chez lui ? Déjà qu'il nous forçait à avaler son poisson de rivière qu'il adorait enjôler pendant que sa progéniture s'ennuyait à mourir au bord du canal de Nantes à Brest ou de la rigole d'Hilvern, désormais, il faudrait qu'on asticote l'amphibien. Pourquoi ? Le manger ?

– Pas tout entier, me rassura-t-il, que les pattes arrière. Tu sais sur les cartes des restaurants étoilés c'est un met raffiné.

Le seul établissement respectable à Loudia, et dans lequel un loufiat ganté aurait pu servir de tels plats s'appelait *La Belle Époque*, une pizzéria sympathique qui a d'ailleurs fermé ses portes depuis. J'avais beau me torturer la tête, pour l'avoir fréquenté à de rares occasions, je ne me souvenais pas d'avoir lu sur leur menu « Spaghettis à la *Rana esculenta* ». Je m'en remis tout de même à lui. Que voulez-vous ? À cet âge, ce que parent dit est parole d'évangile.

Nous nous arrêtâmes devant une mare où en effet les coassements indiquaient la présence de ces êtres gluants. Berluseau, plutôt habile quant au ferrage de l'anguille, mais profane en matière de batraciens, lança sa première ligne au bout de laquelle pendait un ver de terre empalé sur un gros hameçon. La réaction ne tarda pas. La rainette n'étant pas particulièrement douée d'intelligence et peu habituée à être dérangée au fin fond de la Bretagne, elle se rua sur le lombric.

Malgré l'aspect répugnant du hobby, je crois que c'est inhérent à l'humain. L'enthousiasme explose dès que ça mord. Nous voilà poussant des cris euphoriques en admirant notre prise se balancer dans les airs. Mais la liesse passée, il fallut maîtriser l'animal.

Conseil à ceux que l'expérience intéresserait, la bestiole possède une détente prodigieuse et à peine l'avions-nous posée sur l'herbe, qu'elle se carapata entraînant avec elle au fond de la barbotière canne et fil de nylon. De justesse, mon Cadien du bayou la rattrapa. La proie ne s'avoua pourtant pas vaincue et au prix de sa survie, se débattit et bondit en tous sens. Elle nous ridiculisait à chaque évasion. Quand bien même les déconvenues s'enchaînaient, nous pouffions sitôt qu'elle nous glissait entre les doigts. Le duo ressemblait à Tom Sawyer et Huckleberry Finn en plein milieu des marais du Missouri. Aucun ne se hasardait à la saisir par méconnaissance voire peur de la bête.

En définitive, l'adulte la neutralisa et assuma la lourde tâche de lui retirer le leurre. En cette fin de journée, les pêcheurs en formation n'en accrochèrent pas d'autres, ses consœurs s'étant enfuies vers des plans d'eau moins agités. Quelle importance ? Nous avions vécu un moment de franche rigolade. Sans mot dire, nous nous doutions que ce n'était que partie remise et que nous reviendrions, mieux préparés cette fois.

Ça ne rata pas, le lendemain à seize heures trente, il piaffait près de la grille, pourvu d'une audacieuse technique. En lieu et place de l'appât, Maurice avait équipé les lignes d'un morceau de tissu rouge et avait dégoté une épuisette. Il suffisait de remuer le bout d'étoffe à la surface de l'eau, la grenouille attirée par la couleur se jetait dessus et lâchait rarement. Là, la freloche entrait en action. Puis direction le sac poubelle en plastique.

Après plusieurs équipées consécutives, nous prîmes le pli et devînmes des as de la rainette. Nous en capturions par dizaines et les ramenions à la maison où l'étape de la mise à mort les attendait. Autant les choper était dans mes cordes, les tuer était une autre histoire. À l'instar des portées de chiens et chats qui disparaissaient au passage éclair de Papom et de sa bouteille d'éther, je préférais, alors que je savais ce qui se tramait, faire l'autruche et confier l'opération aux grands.

Il n'en reste pas moins que le congélateur se remplissait régulièrement de sachets de cuisses. En conséquence de quoi j'osais la question : « Qu'allons-nous en faire » ? Et mon héros de me regarder avec une superbe que je ne lui oublierai jamais et de me répondre :

– Ta sœur aura un menu d'exception pour sa communion solennelle.

– Comme à La Belle Époque ?

– Oh, mieux qu'à La Belle Époque, fiston.

Tu m'aideras à porter les cageots.

Il n'en fallait guère plus. Je m'engouffrai à l'arrière de la carlingue branzigueulante prêt à accompagner Mother au marché. L'occasion de profiter de quelques instants ensemble pour, s'il en était encore besoin, consolider le lien inaltérable qui nous unissait.

Le bazar s'installait autour de l'église Saint-Nicolas les samedis à l'aube. Il offrait aux gens du bourg et des alentours nourriture, matériel agricole, poussins entassés au fond de cartons troués, sans oublier vêtements provinciaux et blouses vieillottes. De celles chères à Marie-Pierre Casey qui dépoussiérait cette table démesurée dans la publicité Pliz. À la différence de l'actrice, j'aurais fait ça tous les jours. L'agitation maintenait mes sens en éveil. Je humais les parfums de rôtisserie, caressais les premiers mohairs en exposition. Mon esprit décomposait le mouvement des vieilles Bigoudènes qui, se dandinant deux par deux comme des canes, se tamponnaient le postérieur. Le rouge de la tomate, le violet du navet, l'orange des carottes dont les fanes vertes dépassaient du sac en papier marron égayaient ces matinées grises au ciel bas en cet hiver 82 qui débutait.

Habillé de pied en cap, l'infrangible duo déambulait au gré des allées. Les camelots nous débitaient leurs salades et rivalisaient d'ingéniosité de façon à entuber aimablement le chaland : « Y'en a un peu plus, je vous le mets quand même » ? Et les ménagères d'abdiquer devant le sourire charmeur du primeur : « Oh, puisque vous insistez ». L'article à peine payé, un second aboyeur attirait l'attention de la marée humaine. « Elle est belle ma scarole, elle est belle » ! À les en croire, tout fleurait bon le sensationnel. Leur pâté de tête, leur truite et leur chou-fleur. Et bien sûr, c'était moins cher que chez le concurrent.

Marie-Madeleine, rivée à ses habitudes, dédaignait les boniments et se dirigeait droit vers ses échoppes préférées. Je suivais, docile, agrippant la cagette remplie de fruits et de légumes qu'elle achetait en quantité industrielle en cas de siège. En dépit du poids des courses, je ne montrais aucune faiblesse. Il convenait de lui prouver que la pratique du vélo développait tonus et vitalité dans les bras de sa demi-portion.

Du côté opposé à la camionnette Outiror où les bricoleurs dénichaient leur bonheur, nous passions à la fromagerie où Nolwenn avait décroché un boulot. Couverte d'un manteau en pelure déplumé, cadeau condescendant d'une voisine de manière à ce qu'elle n'attrape pas froid – « Je ne m'enrhume pas, mais c'est la mégaloose » – Nono travaillait sous les ordres d'une crémière qui ressemblait trait pour trait à la Belle des Champs. Tant et si bien que les clients, dotés d'une touche de malice, auraient pu lui commander la marchandise en fredonnant « Dis, donne-nous un peu de ton fromage ». Enfin, ça se serait produit si la blonde ne s'était autant éternisée au comptoir du bar plutôt que derrière le sien. « Elle boit comme un trou avoua mon binôme. Un comble quand on vend du gruyère ».

De huit heures à midi, « Les nez » s'occupait de tout. Du déballage à la découpe, de l'encaissage au rangement, le tout rémunéré deux modestes pièces de dix francs. Nous en tirions tout de même un avantage puisque nous goûtions à des échantillons gratuits en lui rendant visite. De plus, mon vocabulaire s'enrichissait d'appellations AOC aux noms aussi dépaysants et aristocratiques que la Fourme de Montbrison, le Pouligny-Saint-Pierre et le Bleu de Gex. Il arrivait que nous retrouvions le dimanche des morceaux conséquents au déjeuner lorsque la grande sœur nous rapportait des invendus. Chacun participait à l'effort familial.

Sur la place de l'église, ma maternelle évoluait comme un poisson dans l'eau. D'accès facile, les commerçants la tutoyaient. À chaque nouvel étal, elle tapait la bise, parlait de la pluie et du beau temps avec les grosses légumes et les petites asperges, les Peppone et les Don Camillo locaux sans discrimination.

Des passantes me regardaient du coin de l'œil et trouvaient que, en définitive, j'étais une bien jolie jeune fille. Marie-Moitié toussait, rectifiait le tir. Elle n'avait qu'un garçon, elle ne les laisserait pas le taquiner. Pour certaines, souffrant de cataracte, la méprise se justifiait. Pour d'autres, non. La méchanceté ne possède pas de date de péremption. Le vilain défaut s'exprime aussi ailleurs qu'au cœur des cours de récréation.

Sous le vernis Mamie Brossard des aimables Bretonnes sommeillaient parfois des Weber Simone qui s'ignoraient. L'aigreur pointait sous couvert de compliments ou de boutades sur ce gamin à la chevelure abondante. Je ne le réalisai que longtemps après. Car le but des sadiques mesdames Michu consistait avant tout à blesser ma mère.

Trois décennies plus tard, à l'enterrement de cette dernière, l'une d'entre elles se pointa au cimetière. La même, pas un poil de jeu, increvable. On en déduirait presque que la médisance conserve. Aussitôt le cercueil déposé dans le caveau, elle se décala maladroitement vers moi et demanda de son air narquois : « Alors, toujours célibataire » ? Et moi, dopé à l'adrénaline de la journée de lui rétorquer : « Et vous, toujours détestable » ? Le moment ne s'y prêtait pas, mais ça m'a bien soulagé.

En pleine dégustation d'un bonbon au miel offert par l'apiculteur du coin, je me rendis à l'évidence. Ma reine jouissait parmi les individus de cette ruche d'une sacrée popularité. Celle-ci avait décuplé depuis qu'elle animait une rubrique littéraire sur Radio Loudéac en compagnie de Gérard Pavé. Nous l'écoutions avec bienveillance sur le minuscule poste noir à l'antenne télescopique tordue. Elle discourait sur Victor Hugo, la mort de son aînée, Léopoldine, son engagement poétique et politique, son exil. Conclusion, même les personnalités vivaient des situations difficiles, voire tragiques. J'avançais sur la bonne voie.

La fréquence fraîchement libre à la suite d'une décision de François Mitterrand en 1981 et qui diffusait à partir d'une caravane ponctuait le quotidien des habitants. Entre autres, lors de la quinzaine commerciale de septembre qui s'achevait par une gigantesque braderie.

Des animations étaient proposées pendant cette période. Comme le radio-crochet auquel je concourais et dont je ramenais d'ordinaire le premier prix. D'abord avec *C'est guignol*, puis avec *Il faudra leur dire* de Francis Cabrel ou *Ne partez pas sans moi* de Céline Dion, grâce aux versions instrumentales de la face B. Muni d'un bon de cinquante francs, une fortune au siècle précédent, je courais chez l'un des bouchers, membre de l'union des commerçants de la commune, acheter un rosbif qui ornerait une table dominicale.

Ces succès me confortaient dans l'idée que j'appartenais à l'univers merveilleux de la chanson. Je ne perdais pas espoir de vivre ma séquence tant attendue au ralenti avec Chantal. Celle qui lancerait ma carrière au firmament des étoiles d'Hollywood, du Show Business des stars. À huit ans, les notions se mélangeaient dans ma cafetière.

Je connaissais les tubes de son mari par cœur et pouvais devenir le premier vrai participant de *L'École des fans* à remporter la compétition. Ma victoire aurait plus impressionné que le redondant « Tout le monde a gagné ». Cet inévitable verdict paraissait si arbitraire. Le programme envoyait un message erroné à une génération entière. La choupette qui avait proféré des gros mots chantait comme une casserole. Le chenapan s'était trompé au niveau des paroles et en avait fait pipi dans sa culotte. S'il avait manifesté un tant soit peu de professionnalisme, il aurait rattrapé l'affaire en beuglant *Singing in the rain*. Remonté à bloc, j'appelais les renseignements un mercredi matin, journée chômée.

– Bonjour, je souhaiterais contacter Jacques Martin et faire son émission comme ça je rencontrerai ma véritable maman.

– Bonjour petit, est-ce que la fausse est avec toi ? interrogea l'opératrice espiègle.

– Oui, à côté.

L'employée des P&T, professionnelle, effectua sa recherche et articula le numéro de la deuxième chaîne. J'avais obtenu le précieux sésame. Ni une ni deux, je le composai. Une charmante voix féminine répondit :

– Antenne 2 bonjour, Marise à l'appareil, que désirez-vous ?
– Je voudrais parler à Jacques Martin. J'aimerais participer à *L'École des fans* avec Chantal Goya ?
– Ah, eh bien pas aujourd'hui, parce qu'il est occupé. Mais je note le nom de ta maman et ses coordonnées. L'équipe la rappellera si l'occasion se présente.
– D'accord, et l'occasion se présentera quand ?

Je n'avais peur de rien. Sauf peut-être du prix de la communication vers Paris. « Espérons que ça ne nous empêche pas de payer les traites de la maison ». Les indications fournies, je reposai le combiné. J'avais envisagé tous les scénarios. Par contre, il ne m'était jamais venu à l'esprit que le présentateur vedette requerrait l'intervention de ma mère. Elle ne monterait pas sur scène. Quoi qu'il en soit, je devais l'informer. D'ici une seconde, la sonnerie retentirait. Elle ne comprendrait pas et prendrait la démarche à la blague.

C'était monnaie courante à l'époque. Marine et moi étions d'ailleurs experts dans l'art de la mauvaise plaisanterie téléphonique, biberonnés que nous avions été au 22 à Asnières de Fernand Raynaud et à la boucherie Sanzot des albums de Tintin. Combien de produits avons-nous commandés auprès de boulangeries choisies au hasard sur les pages jaunes ! « On voudrait cent vingt-trois pains au chocolat demain midi ». Pourtant proches du degré zéro de l'humour, ces canulars nous chatouillaient les côtes et nous raccrochions illico presto.

À l'annonce d'informations dites sensibles, je sortais l'artillerie lourde. Les yeux embués de larmes, à la façon du générique d'*Au pays de Candy*, j'abordais la maîtresse de céans et la mettais au courant en murmurant : « J'ai passé un appel coûteux au Théâtre de l'Empire ». Ce nom vibrait en moi comme le ferait celui du Panthéon auprès d'un quidam en quête d'immortalité. Tant de célébrités avaient piétiné ces planches mythiques. « Entre ici, Jean… Jacques Debout » ! Celle-ci accueillit la nouvelle avec beaucoup de désinvolture. Le Tangi l'avait tellement habituée à davantage d'extravagances que ce coup de téléphone lui sembla bien dérisoire. Outre les factures qui s'entassaient sur le bureau du séjour, d'autres problèmes, ô combien plus graves, restaient à régler !

Qui ne dit mot consent. Je traduisis sa réaction mi-figue mi-raisin par un : « Vous avez carte blanche concernant la suite des opérations, agent 007 ». Rien ne m'interdisait donc de continuer à ma guise et d'atteindre l'objectif fixé. L'interprète de *Bécassine* avait ma préférence. Cependant en vue de crever l'écran je me sentais prêt à entonner le répertoire de n'importe quel artiste.

Cette prise de contact qui avait démarré timidement se transforma en harcèlement avéré. La malheureuse Marise recevait plusieurs sollicitations par semaine et m'entendait lui débiter des projets originaux, des choix de chansons inhabituels : *Et vive les pioupious*, un chef-d'œuvre oublié, où l'on évoque les comiques troupiers comme je le découvris par hasard, à l'adolescence. Je lui interprétais *Gentleman Cambrioleur* en imitant le *swag* faussement désabusé de Jacques Dutronc. Pourvu d'une mémoire immédiate, son baratineur lui soutenait mordicus qu'il assimilait des mélodies en moins de trente minutes. « Donnez-moi n'importe quel titre et je vous le chante ».

Ce qui devait arriver arriva. La durée d'attente vers mon interlocutrice préférée se prolongeait de plus en plus. Jusqu'au jour où le « la » sonna dans le vide au 22 avenue Montaigne et personne ne décrocha plus. « Alors ça, c'est injuste, c'est vraiment trop injuste », aurait maugréé Calimero, un pioupiou lui, un vrai. Fidèle à ma réputation, j'échafaudai toutes sortes de théories pour justifier ce rejet. « Mon talent les effraie. Il va éclipser les candidats. Chantal l'a appris et préfère ne pas révéler mon existence. Le scandale nuirait à sa notoriété ».

Je n'aurai jamais foulé le sol du 41 avenue de Wagram ni croisé mon idole. Toutefois, cette histoire bénéficiera d'un épilogue heureux, puisqu'en 2002, tandis que je m'apprêtais à abandonner la capitale à destination des États-Unis, je décidai de rentrer un week-end chez les parents. Sous la pression, j'acceptai de les accompagner à une kermesse organisée par le groupe scolaire de Saint-Caradec.

– Je ne frappe plus les minus.

Demi-tour, droite ! Je distinguai, parmi les maîtresses grisonnantes et les anciens camarades de classe, un gaillard aux larges épaules, au ventre arrondi et à la mine rougeaude, entouré de sa marmaille criarde : Armel.

Enfant, je l'avais maudit jusqu'à la troisième génération. Mais loin de moi l'idée que lui et sa descendance morfleraient à ce point. Pendant que son Kevin et sa Brenda se battaient avec les cannes du stand de pêche aux canards, nous échangeâmes les banalités d'usage. Il me débita qu'il exerçait un métier qui ne lui plaisait pas et que son divorce durait depuis maintenant deux ans.

De manière à stopper son interminable et navrant monologue, je tentai un maladroit : « Il faut toucher le fond pour mieux rebondir ». Lieu commun quand tu nous tiens. « Et toi » ? interrogea-t-il après une réprimande à son fils : « Tape encore ta frangine et j'te fous un marron » ! Me vanter que j'étais acteur, que je partais en Floride afin de rejoindre ma moitié, et que mon compte bancaire flirtait avec les cinq chiffres l'aurait sûrement achevé le pauvre. De l'auditorium où nous avions jadis exécuté notre saynète de Noël, une douce musique me titilla les oreilles :

«Joli tambour, tu n'es pas assez riche
Joli tambour, tu n'es pas assez riche
Et ri et ran, ET RAN TAN PLAN.
Tu n'es pas assez ri-i-che»

Moi non plus. Mes ultimes deniers avaient été dépensés lors de l'achat du billet Air France vers Miami. Seulement, en comparaison du sale virage qu'avait pris son destin, je faisais figure de champion. Je demeurai donc vague sur le présent et l'avenir : «Je m'épanouis dans mon travail, j'ai rencontré l'amour et je déménage à l'étranger». Son regard s'assombrit.

Le trentenaire chancelant qui avait pourri nos récréations s'accrochait à la buvette. Sous l'effet de la bière de trop, il confiait qu'il avait raté sa vie, pendant que sa ride du lion rugissait qu'il enviait la mienne. À l'intérieur de la zone du cerveau consacrée aux émotions inavouables, je ne pus m'empêcher de siffler le tube immortel d'Alvin Valentine, *Sweet sweet revenge.*

Le bon Dieu me punit en interrompant le perfide triomphe par un écorchant larsen. « Un, deux, trois ». Le maître de cérémonie s'était installé derrière le pupitre et testait le micro. Il s'écria à la énième tentative de réglages :

– Appelez mon petit-fils, lui seul sait comment marche ce foutu machin.

Le génie de la technique secourut son grand-père, ajusta les balances et s'éloigna de l'estrade. S'ensuivit une profonde inspiration et il attaqua :

– Bonjour à toutes et à tous, content de voir que la pluie ne vous a pas découragés.

Rires obligés de l'assemblée trempée jusqu'à l'os. Puis, après les poncifs sur la grandeur de l'enseignement libre qui se portait fort bien, il enchaîna :

– Cette réussite, nous la partageons avec le corps professoral, et avec vous, les parents, qui vous en remettez à nous. En particulier ceux qui ont inscrit leurs enfants à une époque lointaine où nous étions menacés de fermeture et qui se déplaçaient de très loin chaque matin afin que nous justifiions du nombre suffisant d'élèves. Je vous prie d'ovationner monsieur et madame Loiseau, monsieur et madame…

Un tonnerre d'applaudissements s'éleva sur le champ. Je compris enfin la raison d'être de Saint-Caradec. Soit, c'était la ville natale de Melaine. Pourtant, le détail

géographique ne clarifiait pas tout. Pourquoi m'étais-je coltiné la route en voiture et à bicyclette pendant de si longs mois ? La réponse se trouvait là, dans la moue gênée et la sincère modestie de mes parents. Ils s'étaient donné tout ce mal pour contribuer à la survie d'un établissement privé de campagne. Comme le célèbre la prière scoute : « Sans attendre d'autre récompense que celle de savoir que nous faisons Votre Sainte Volonté ».
Je les considérai avec saisissement. La révélation m'avait coupé la chique. Mes yeux émus les remercièrent des valeurs qu'ils m'avaient transmises et des mollets de coureur qui impressionnent désormais les promeneurs, les étés où j'ose le short.

Une fois saluées les vieilles connaissances que j'avais retrouvées sur le réseau social préhistorique Copains d'avant, Mother m'invita à me rapprocher, et, facétieuse, me présenta :

– Voici Marise !
– Bonjour, lançai-je indifférent, en implorant le ciel qu'elle n'essaie pas de jouer les marieuses avec une Française du cru pour éviter l'expatriation de son Tangi.
– Devine quoi, elle travaillait en tant que standardiste à Antenne 2 autrefois.

Marie-Madeleine de Proust ! Je me revois face au téléphone jauni, posé sur le support mural en bois vernis de l'entrée. L'index fatigué à force de composer le numéro sur le cadran rotatif. La sueur au front et les mains moites devant le silence radio de l'opératrice. Allais-je obtenir des explications ? S'en souvenait-elle ? « Oui », assura-t-elle de sa voix toujours aussi suave.

La délicieuse femme brune cinquantenaire relata cet épisode qui ne l'avait jamais quittée. Elle venait de démarrer ce travail quand elle reçut mes premiers coups de fil. Native du centre Bretagne, elle m'avait pris d'affection et n'avait pas eu le courage d'y mettre un terme ; d'expliquer que le processus ne fonctionnait pas ainsi ; qu'il existait des castings, déjà ; que le copinage était de rigueur et le jeunisme également ; et surtout, que l'entourage devait s'investir.

Je la gratifiai d'un sourire et refermai à jamais ce chapitre laissé jusque là en suspens. Déconnectée du monde durant cette période houleuse, à quel moment la famille aurait-elle pu tenter d'accompagner le petit dernier dans sa course vers une audition futile ? Elle luttait au quotidien contre mille et un tracas. À commencer par ceux que causait l'état de santé de ma sœur cadette Emmanuelle.

Comment ça va ?
Couci-couça.

Au moins, l'électricité était revenue. Une fois et presque à contrecœur remisées au placard les bougies qui nous éclairaient au coucher du soleil, la propriété perdit ses fausses allures de manoir écossais. Adieu Juve, Fandor et consorts. Jouer à Fantômas contre Scotland Yard sans cette obscurité ne présentait plus du tout le même attrait. Quant aux précieuses cuisses de grenouilles, en transit et à l'étroit chez le voisin Le Fustec, elles enjambèrent la clôture dans le sens inverse et retrouvèrent leurs aises dans notre congélateur. Ce n'est pas la panacée, mais lorsque l'on règle la facture EDF, l'existence paraît plus simple.

Entre-temps, nous avions dit adieu à Guignol, Pandi, Panda, Loup-loup, Lapin et Bécassine. Nos poissons rouges remportés aux kermesses qui avaient failli mourir asphyxiés quand la pompe à air de l'aquarium avait cessé de buller. Les Loiseau au complet les avaient libérés le long de l'Oust, la rivière à proximité, au cours d'une émouvante cérémonie. Le fretin recouvrit dix secondes l'habitat naturel auquel il avait aspiré. Puis, un brochet à l'affût goba le tout, d'un coup, heureux de festoyer de proies si ingénues. Peut-être aurions-nous dû les instruire quant à la dangerosité des cours d'eau armoricains avant de les y abandonner. À la prochaine coupure de courant, nous y penserons.

Afin de prévenir de similaires désagréments, les coupures de courant, j'entends, Pater se lança à corps perdu dans de fréquentes missions d'intérim à Gélagri, le champion breton des légumes surgelés. Comme de bien entendu, sa logique quant à la rationalisation des tâches répétitives lui assura les compliments de ses employeurs. Ainsi que l'œil mauvais de Gérard, grand ivrogne devant l'Éternel, et pure coïncidence, délégué syndical. « Oh là là, Maurice ! Vas-y mollo sinon les contremaîtres augmenteront les cadences. Et je les prendrai à quel moment, mes pauses café-cigarette ? ». Le bizut décida de mettre la pédale douce sans pour autant tirer au flanc. Il valait mieux éviter le lynchage entre les trois-huit, ne pas saboter son intégration auprès des collègues et asseoir la pérennité de son boulot.

Son épouse se résolut devant l'urgence, à démarrer un nouveau travail. Elle envisagea un poste de bibliothécaire laissé vacant à Loudéac. Elle entrouvrit alors à ses deux derniers, à l'occasion de son entretien d'embauche, les portes d'un monde insoupçonné : les livres.

En allant exposer au directeur pourquoi ses qualités s'avéraient indispensables au bon fonctionnement de l'établissement, Marie-Moitié nous déposa près de la section jeunesse. Bien sûr, l'antique armoire au milieu de notre salon regorgeait d'écrivains illustres et la marmaille avait feuilleté à tire-larigot la totalité des albums d'Astérix. Toutefois, dans l'ambiance feutrée, « Chuuut ! », ces interminables rangées d'étagères surchargées d'ouvrages nous invitaient à la découverte d'univers énigmatiques.

D'instinct, les lettrés en herbe plébiscitèrent le mensuel *J'aime lire*. Ils pigèrent dare-dare le mode d'emploi du recueil et dévorèrent les romans d'aventures et de science-fiction. Les jeux, blagues et défis passaient à l'as, car seules comptaient les péripéties rocambolesques de Tom-Tom et Nana Dubouchon, au cœur du restaurant À la bonne fourchette. L'air de rien, la bande dessinée de Jacqueline Cohen et Bernadette Després abordait des sujets sensibles et peu discutés en famille à l'instar de « Comment fait-on les bébés ? ». La dernière page ne révéla pas le mystère. En revanche, la bédé déclencha lors des semaines suivantes des conversations où se mêlèrent des histoires d'abeilles et de pollen. Ainsi que des questionnements sur la façon dont le petit évacuait ses besoins à l'intérieur du ventre maternel.

Mother ne décrocha pas la place. Par contre, Marine et moi bénéficiâmes d'une inscription en bonne et due forme à la bibliothèque municipale. « Dommage maman, tu es si belle. Tu aurais fait moins peur que la vieille bique barbue qui s'occupe de l'accueil. Et on n'aurait pas à payer les pénalités de retard ».

Des bouquins plein les bras, nous montâmes sur le siège arrière de la Chrysler couvert de poils de chiens. Plongés dans nos lectures respectives, activité qui donnait une vague sensation de mal de mer quand le véhicule roulait, nous nous isolâmes de notre environnement tels des apnéistes concentrés. Quel soulagement d'oublier, la durée d'un trajet, cette bourgade terne et pourtant si attachante à bien des égards ! En effet, de minuscules bricoles contribuaient à sa richesse et leur disparition au fil des décennies confirma leur importance, pas forcément perceptible de prime abord.

Quid de la voie ferrée et de ses passages à niveau hurlants où la paresseuse Micheline rouge et blanc de 1950 opérait l'itinéraire Pontivy–Saint-Brieuc ?

Quid de l'épicerie de mademoiselle Penduff et de son frère René au milieu de la rue de Cadélac qui desservaient les campagnes à l'aide de leur camion aménagé ? Les habitants des lieux-dits troquaient les courses hebdomadaires en échange d'œufs frais pondus du matin. Les commerçants offraient, enveloppés au fond de cônes en papier journal, des berlingots, dragées ou bonbons d'un autre âge aux enfants ravis.

Quid de l'école primaire du Pavillon où les élèves de CM1 et CM2 étudiaient auprès d'instituteurs émérites comme mademoiselle Bellenard, monsieur Vidlou et madame Turpin ?

Quid de la dynamique rue de Pontivy, axe stratégique qui menait vers le Clos Pirou et qui n'est dorénavant plus que l'ombre d'elle-même ?

Les quatrièmes de couverture refermées, nous arrivâmes sur nos hauteurs. Nolwenn patientait sur le perron. Ses pupilles orageuses venaient de pleurer. À l'évidence, à cause d'Emmanuelle.

Après le dîner, sa cuillérée de sirop Nopron avalée, la fautrice de troubles rejoignit son lit et la famille commença à souffler. De manière à ce qu'elle s'endorme rapidement, l'on ajouta au somnifère un comprimé d'Actifed. Le cocktail servait d'ultime recours, les soirs où son agressivité devenait ingérable. La maîtresse de maison sortit à cet instant les tasses dépareillées pour la traditionnelle tisane calminoufleurine. L'occasion pour le reste de la smala de dresser un bilan de la journée, et les années avançant, d'évoquer des thèmes politiques ou sociétaux au sujet desquels nous ne tombions jamais vraiment d'accord. Différence de génération oblige.

À la table de la cuisine, toute l'attention se focalisa sur « Les nez ». La cadette l'avait encore griffée à cause d'une poupée introuvable. Nous nous montrâmes économes en parole, loin des veillées d'habitude animées. Les causeries n'auraient pas changé la donne de toute façon. Il fallait composer en tenant compte de ses humeurs, telle était la règle.

Seule note positive, le lendemain, lors du déjeuner dominical, nous avions invité Noëlle, l'employée de l'institut médicoéducatif d'Emmanuelle avec qui elle avait noué un lien fort. Je l'avais, moi aussi, côtoyée en me rendant à plusieurs reprises les mercredis matin au service social de Saint-Bugan. Je voulais en savoir davantage sur le quotidien de ma sœur.

Je pris vite conscience, sur place, de ce que constituait le polyhandicap. Ce serait exagéré d'affirmer que j'y coulais des heures paisibles. Passé le haut-le-cœur, les clameurs stridentes, les pleurs, la bave des résidents, j'appris à m'intéresser à un détail particulier qui ne trompe pas : le regard. Leur humanité s'y lovait, silencieuse. Attendant d'être captée par un curieux qui ferait abstraction de la déplaisante première impression. Je ne me souviens pas des prénoms de ses camarades, mais garde en mémoire leurs yeux en amande et la couleur de leurs iris.

L'invitée aussitôt arrivée, Manue se précipita sur ses genoux et ne la lâcha pas. Elle accordait sa confiance à certaines personnes, en général les bonnes. Noëlle appartenait à ce groupe. À bien y réfléchir, elle était un excellent baromètre. Quand elle ne s'accommodait pas d'un individu, gare ! Fort à parier qu'elle avait affaire à un con. Et elle ne se privait pas de le lui faire savoir.

Ah, ma frangine et son langage fleuri ! Malgré ses difficultés, voire son incapacité à communiquer, l'enquiquineuse comprenait que de vilains mots impactaient son entourage. Nous subissions des déferlantes de « pipi, caca, merde » ; des raz-de-marée de « Tirez les cheveux, l'a pissé dessus, l'a cassé par terre » ; enfin des tsunamis de « Papa qu'est là, ça pue, c'est pas possible ». Une banale contrariété et ces litanies, pareilles à des coulées de boue, entamaient les digues. Un samedi ordinaire se terminait sous des rivières de larmes et de culpabilité. Comme la veille chez l'aînée. Comment vivre avec un être lourdement handicapé ?

L'éclosion d'Emmanuelle s'était mal goupillée. Marie-Madeleine répétait qu'au début la dissemblance ne se percevait pas trop. Certes, son comportement ne ressemblait en rien à celui de la majorité des bambins. Néanmoins, c'est mignon quand un poupon gazouille ; adorable quand il suce le pouce ; drôle quand il s'interdit de poser les petons sur la plage ; et cette colère bénigne elle s'apaisera bientôt.

Seulement voilà, elle a jargonné toute sa vie durant ; elle n'a jamais retiré le doigt de la bouche au point de se déchausser les dents ; elle a fini par ne plus marcher ni sur le sable ni nulle part ; et les visages de ses semblables arborent les stigmates de ses innombrables fureurs.

Celle que nous surnommions notre bébé a marqué notre enfance au fer rouge. Elle s'imposa comme le chaos et nous cinq suffisions à peine pour ramener l'ordre. Combien de jours regrettai-je qu'elle soit née, de nuits, rêvai-je qu'elle disparaisse ?

L'équilibre était à peu près garanti tant que nous restions six. Nono et Rinma quittèrent le nid chacune à leur tour. À quinze ans, je supportai, solitaire, les cris que la noctambule poussait en toute circonstance ; les crises qui advenaient en voiture parce qu'elle ne trouvait pas le magazine qu'elle voulait ; les agressions physiques que les parents et moi endurions ; ses envies incessantes d'aller aux toilettes ; les surprises sur les portes, les vêtements et la cuvette si nous n'entendions pas le premier appel assez tôt. Quand la tribu se levait bien lunée, elle en riait en citant les grands auteurs. « Dragée Fucas ? Chlafff ! Entièrement mouchetée ! Attention à la deuxième couche ». Merci, Coluche, de nous avoir aidés à avaler la pilule.

Le summum fut atteint, lors de mon année de seconde. Dépassé par la maladie d'Alzheimer et ne pouvant plus habiter seul, Papom déménagea chez nous. Une période insoutenable. La routine n'était qu'excréments sur les murs, urine au fond des placards, cerveaux dérangés et confusion. J'en pleurais le soir et perdais pied. Mes monologues morbides en compagnie des potes tournaient en boucle au point de faire le vide autour de moi. Je cherchais des échappatoires en me surchargeant d'options au lycée, histoire d'y traîner des heures supplémentaires. Je multipliais les occupations extrascolaires comme les scouts, la musique, les délires avec mon ami Nicolas. Cette anarchie journalière ne fut bien entendu pas étrangère à mes exodes à Rennes, à la capitale puis à Palm Beach.

Cependant, comment ne pas t'aimer, toi, mon sang ? Sans doute étions-nous ceux qui ne parlaient pas le même idiome, celui de l'innocence… À notre décharge, aucune filière ne proposait Manue deuxième langue. Partant de ce postulat, tes rognes étaient, selon toute vraisemblance, justifiées. Puisque tu t'évertuais à expliquer ta pensée, et par paresse, nous refusions de la deviner et de nous ouvrir à toi. Tu griffais et mordais comme d'autres pestent et tapent du poing devant un parterre de gens à l'esprit étriqué.

Comment ne pas t'aimer, comme les miracles survenaient ? Tu posais sur nous, sans motif apparent, un regard empreint d'affection. Tu offrais des sourires magnifiques et surprenants. Tu nous câlinais lorsque tu sentais que nos tristesses frôlaient l'insupportable. Tu témoignais d'un altruisme si touchant, que nous effacions l'ardoise et repartions à zéro.

Comment ne pas t'aimer, tandis que nous te voyions t'approcher de nous clopin-clopant, pantalon aux genoux sous le poids des poches gonflées de mouchoirs et de gants en latex ? Suspendus à chaque main des sacs remplis de Nin-Nins, les indispensables. Des jeans, de coutume par deux ; des journaux télé sur la couverture desquels une actrice de Dallas à la choucroute impeccable confiait ses secrets de beauté ; des têtes de poupées que tu caressais sur tes joues en serinant « C'est doux » ; des catalogues *La Redoute* que tu déchirais méticuleusement en morceaux riquiqui au point de pouvoir te suivre à la trace tel un Petit Poucet. Pourquoi de tous les objets présents jetas-tu ton dévolu sur les plus encombrants ?

Comment ne pas t'aimer, alors qu'à vrai dire tu croisas et interagis avec des Altesses Royales et des dignitaires ecclésiastiques ? En face du Georges V à Paris, tu brisas ta sucette sur la veste du Prince Albert II de Monaco au grand dam de son service d'ordre. L'actuel souverain, délicat, s'était empressé de t'en acheter une autre, et tu lui avais malgré tout brandi ton fameux bras d'honneur tout en le traitant de con devant Melaine livide.

Tu t'étais ruée, le dimanche d'après, en la cathédrale Notre-Dame, sur le Cardinal Lustiger. À coup sûr attirée par son attifement, tu l'enlaças au point de faire choir sa mitre. Ces anecdotes rythment encore nos Saint Tous Là, au même titre que les bévues de la benjamine.

Malheureusement, les épisodes pittoresques ne duraient pas. Un incident perturbait souvent les rares minutes de bien-être. Pendant longtemps, je le reprochai aux parents. Pourquoi n'avaient-ils pas choisi l'avortement ? Ils pressentaient que tu naîtrais différente, notre mère ayant souffert de graves problèmes hormonaux au cours de la grossesse. « Tangi, "ça" n'était pas autorisé à cette époque ».

Les connaissant, je suis persuadé que quand bien même l'IVG aurait été permise, ils ne l'auraient pas envisagée. De par leurs convictions religieuses déjà, et surtout parce que l'amour n'écoute la raison que par accident. Ils l'ont chérie, comme les autres.

D'ailleurs, que n'auraient-ils pas entrepris pour consolider les gènes dont la nature t'avait dotée à la va-vite ? À la capitale où tu coudoyais du beau linge, les époux essayèrent sur toi la méthode Tomatis. Une démarche de rééducation de l'ouïe et de la voix qui pouvait, paraissait-il, t'épanouir. Tous les trois vous y attardèrent de longues semaines, persuadés que les séances amélioreraient ton état. Ont-elles porté leurs fruits ? Personne ne le sait. Néanmoins, cette expérience rejoignit la liste des nombreuses tentatives pour rendre ton destin supportable.

Je suis toujours abasourdi par la résilience des Hommes concernant leur progéniture. Contre les railleries et les médisances, les parents n'abandonnèrent pas. Armés d'une foi chrétienne quasi surnaturelle, ils multiplièrent les pèlerinages à Lourdes. Ils s'attachèrent à stimuler ton intellect grâce à des puzzles simples, des sorties au cinéma, au zoo, en pleine forêt. En outre, Berluseau t'inventa un système de fauteuil roulant tiré par nos chiens façon traîneau au pôle Nord. Les limites n'existaient plus lorsqu'il était question de te faire voyager, te divertir, te dynamiser. Je réalise maintenant d'où nous vient cette force de caractère.

À la suite d'une sombre histoire de médication brutale, tu quittas ton centre. Tu pris tes quartiers des Quatre Saisons à la maison où tu développas un lien absolu avec une mère au foyer exemplaire. « Ta jeunesse me suivra jusque dans ma vieillesse », fredonne Lynda Lemay au cours d'un couplet de *Ceux que l'on met au monde.*

Ma Cléopâtre partit trop tôt, probablement fatiguée de tant d'exclusivité. De ton côté, tu lui survécus et Pater s'assura de ton confort. Il manifesta un dévouement exceptionnel. En effet, même si mes sœurs et lui réussirent à te trouver une résidence d'accueil, il te visitait sans relâche et te promenait dès le premier rayon de soleil. Au passage, il s'informait de ta santé auprès du personnel médical du Couadou et ne dédaignait jamais un câlin de l'un des autres pensionnaires.

Ensuite, les passages à l'hôpital s'allongèrent. Les appels téléphoniques vers les États-Unis aussi. La Bretagne me contactait pour m'annoncer que tu maigrissais à vue d'œil. Tu périclitais. Des infections se déclaraient.

Tu t'es éteinte lors d'une de mes sessions de doublage en Floride. Je sortis m'aérer et là, sur le toit de ma Honda, en plein cœur de Miami, deux poules de Barbarie. De celles que nous laissions pulluler en liberté parmi les herbes folles du jardin à Loudéac. Comme un signe que toi et maman repreniez votre route ensemble. Délestées des poids du handicap et de la culpabilité.

Aux funérailles, soutenu par la famille élargie, le clan éprouva une forme de délivrance. Une sérénité magnifiée par les comptines du baobab qui accompagnèrent la mise en terre. *Wá wá wá wá* de Marie-Céline Maloumbi Mata et Jean-Marie bolangassa. Une berceuse africaine à l'attention de notre bébé. Tu l'aurais peut-être chantonnée, toi qui t'adonnais à cette activité à la messe. Là, toujours prête à te distinguer, comme ton petit frère, tu n'hésitais pas, lors d'un silence, à imiter le bruit du dindon de la Denrée. Gros effet comique de *La Soupe aux choux* que tu affectionnais tant.

Sans toi, nos vies se seraient plus facilement déroulées. Mais serions-nous les quatre-quatre tout-terrain dont s'enorgueillit Maurice aujourd'hui ? De solides bolides, en tout cas vus de la carrosserie, tant de fragilités se dissimulant sous le moteur.

Tu nous enseignas, à ton insu, d'infinies valeurs. La patience, la mesure, l'empathie, le respect. Nolwenn cultiva un sens aigu de l'organisation. Marine s'orienta vers la psychomotricité, et je devins comédien.

Emmanuelle, Dieu parmi nous, un choix de prénom délibéré de la part du couple, afin de te donner une chance. À défaut d'en avoir eu, tu en as représenté une pour nous. Alors oui, comment ne pas t'aimer ? J'aurais souhaité te le dire de vive voix. J'aurais adoré converser intelligiblement en ta compagnie. J'espère qu'au paradis, tu es désormais bilingue, et que tu comprends mes mots, enfin.

Tangi Bangui voilà la couisse de poulet.

Rewind. La bande magnétique recracha ce qu'elle venait de mémoriser dix secondes auparavant. Nolwenn rit à s'en tenir les côtes, suivie par les deux autres. Emmanuelle n'en revenait pas. La cadette entendait la voix de son frère depuis la minuscule machine et baragouina un commentaire approbateur. Le magnétophone offert par tante Maryvonne nous avait fascinés. Nous ne le lâchions qu'au moment de dormir.

Chacun à son tour, nous enregistrions sur cette cassette AGFA de quatre-vingt-dix minutes des phrases idiotes. Celle citée en préambule était la mienne. Un non-sens que je répétais sans cesse et qui n'appartenait qu'à moi. Une sorte de cri de guerre qui m'encourageait quand par exemple je m'apprêtais à tuer des loups la nuit au croisement des couloirs. Les frangines et le petit dernier se battant pour savoir lequel ferait le zouave avec l'invention géniale, l'aînée décida de prendre les choses en main. La marmaille embobinerait la famille entière en gravant sur le support une fausse émission de radio.

Le plus extraordinaire avec l'adolescente qui jouait dorénavant parmi les grands, c'est qu'elle s'autorisait parfois à redevenir une enfant. Elle n'avait pas son pareil pour fédérer les énergies et organiser des activités ludiques. Quand bien même elle daignait s'amuser avec les petits, ils devaient obéir et lui emboîter le pas. La statue du Commandeur assénait des « Toi tu fais ci, toi tu fais ça ! » du haut de son piédestal.

Despote ou pas, Rinma et moi l'aurions suivie comme un seul homme. Nolwenn aurait commandé aux nigauds de sauter d'un toit, ils se seraient exécutés. Je ne l'avais d'ailleurs pas attendue pour m'adonner à l'exercice, mais là n'est pas la question.

Elle nous manipulait à l'envi avec l'aisance d'une hypnotiseuse. De façon à se débarrasser de moi et de discuter peinarde avec sa copine Gwenaëlle, la roublarde affirmait que des bonbons se cachaient sous son lit. Je protestais nonchalamment, parce qu'elle m'avait déjà roulé à maintes reprises. Pourtant, mes objections ne duraient guère. L'enquiquineur s'y ruait et découvrait qu'il avait de nouveau été berné. Consciente de son emprise sur nous, elle nous tourmentait en l'absence de l'autorité en nous forçant à manger la couenne du jambon. Un bizutage dont je garde encore des séquelles aujourd'hui et qui me provoque des haut-le-cœur devant un emballage Herta.

La jeune fille n'en restait pas moins la grande sœur idéale. Grâce à elle, la compétition intrinsèque au duo Marine-Tangi disparaissait. Telle une Platini à l'AS Saint-Étienne, elle nous enseignait l'esprit d'équipe. Le club des Loudéaciens voyait la vie en vert et échafaudait toutes sortes de jeux. Nous nous délassions au cœur de salons de thé élégants et romanesques. L'on y commandait, maniant d'obscures langues étrangères, des boissons tièdes que l'on dégustait l'auriculaire en l'air comme chez les gens raffinés.

Nous construisions des villes immenses de Playmobil et de Lego, avec des boulevards bordés de fleurs et des piscines où se prélassaient nos figurines. Du papier toilette, de l'eau et platch ! Purée rose à l'attention des locataires de l'arbre Fisher Price.

Au moment de ranger le fourbi, la cité imaginaire finissait engloutie par une turbulente éruption volcanique. Au troisième avertissement de la maîtresse de maison, les restes de notre Pompéi rejoignaient pêle-mêle un magma de matière plastifiée au fond d'un carton estampillé « Jouets » en attendant d'autres aventures.

Plusieurs heures s'écoulèrent et la face A stoppa net. Juchés sur la mezzanine, nous nous étions montrés prolifiques. Marine et Nono avaient monopolisé la majorité du temps avec des pastiches d'émissions musicales. Les mélomanes y dissertaient sur les qualités indéniables du tube *Wot* de Captain Sensible ; de l'utilisation audacieuse de l'accordéon sur *Rock Amadour* de Gérard Blanchard ; et bien entendu du succès planétaire et surfait de *La Danse des canards*. Les néo-critiques la dénigraient. En attendant, comme la plupart des foyers de France, les Loiseau avaient cédé au raz-de-marée de J.J. Lionel. Le disque rouge et jaune avec les palmipèdes hilares trônait entre le *Boléro* et Léo Ferré.

J'héritai de la lourde tâche d'animer les pages de publicité, toutes les quinze minutes d'enregistrement, afin de laisser respirer les grandes. Il ne fallait pas beaucoup insister. Introduit par un « Ah ah dou dou dou dou dou », j'enchaînais les « Aujourd'hui, y'a Bolino, Bolino, Bolino. Un petit plat tout nouveau, Bolino, Bolino. » ; ainsi que le « Des pâtes, des pâtes, oui, mais des Panzanis » qui avait contribué à ma renommée en baie de la Fresnaye.

Les animateurs amenèrent aux parents la cassette, rembobinée à l'aide d'un crayon de papier de manière à ne pas user les piles. Sûrs de leurs talents d'imitation, les voilà convaincus de piéger l'entourage. « C'est aussi pro que *Radio Vallée du Blavet* ! ».

De l'escalier en colimaçon qui s'en donnait à cœur joie sous le poids des quatre blagueurs, crac crac, nous devinâmes une Marie-Moitié agitée. Elle semblait, selon l'expression en vigueur chez nous, aux cent coups de la pétasse depuis qu'elle avait raccroché le combiné. L'explication ne tarda pas : « Ils déménagent ».

Branle-bas de combat, rue de la Gare à Saint-Caradec. Le grand-père maternel partait avec son épouse s'installer ad vitam aeternam à La Villefranchière, leur résidence secondaire en bord de mer à Damgan. Une fissure de plus au sein des relations entre eux et ma mère, déjà fragilisées par le travail de sape de certains. En effet, le lien avec les chers retraités était presque le dernier avec le clan Villefranche. Les kilomètres supplémentaires risquaient de ne pas faciliter les rapports.

Melaine avait élevé son père au rang des demi-dieux. Nous avions grandi avec l'idée que l'homme était inaccessible. Son allure autoritaire l'éloignait de l'image du grand-papa gâteau véhiculée par les marques Papy Brossard et Norwich Union. Pas le genre d'aïeul à qui un gastronome en culotte courte aurait demandé « Papy, j'peux lécher la casserole ? ».

Notre Grand Timonier, souvent aux commandes du Cordelis, son fameux bateau de la série *Loctudy*, régentait sans concessions cette tribu compliquée. Je compris longtemps après l'admiration de Marie-Madeleine à l'égard de l'intouchable tant son parcours était digne d'une biographie en quatre tomes.

André Villefranche-Le Bras. Un patronyme tout aussi alambiqué que son existence qui le vit naître à Pornic le 20 juillet 1909. Fruit d'une nuitée entre une jeune fille d'une dynastie nantaise respectable et d'un individu dont l'intéressé ne connaîtra jamais l'identité, les siens le renièrent. En 1914, sur le quai du chemin de fer de Vannes rempli de poilus en partance pour le conflit, il fut confié à Rosalie Le Bras. Une veuve nullipare habitant à Pénerf, un humble paradis bordant le golfe du Morbihan.

Cette maman de substitution au tempérament peu commode, à l'instar de ses contemporaines, le façonna à la dure. Exigeante quant à sa morale et sa conduite, elle ne lui épargna pas une seule bonne claque. Toujours avec le projet que compte tenu de ses origines, il devait apparaître irréprochable aux yeux de ses semblables.

Une dame travailleuse et besogneuse qui exploitait des parcs à huîtres, un boulot de femmes. Son unique richesse se résumait à de modestes parcelles de terrain, à l'époque où ce littoral sableux ne valait pas un clou. Le Front populaire, le goût prononcé des Français pour les congés et le remembrement changeront la donne.

Après une scolarité au Lycée Saint-François-Xavier à Vannes payée par le grand-père Léonce Villefranche, ce dernier cassa sa pipe et André se heurta, par conséquent, à la vie professionnelle. Il n'avait de cesse de répéter « J'ai fait trente-six métiers, trente-six misères ». Il occupa tour à tour et selon ses dires, des postes de tourneur-fraiseur, de réparateur de parapluie et de gouttière, de représentant en pharmacie et en épicerie en gros.

En arrivant à Pontivy, le joli cœur rencontra sa dulcinée par l'entremise d'un cousin à la mode de Bretagne, président du club de football local. Sport où il excellait, à la différence de son petit-fils. Certains gènes ne se transmettent pas. Ensuite, le personnage emménagea à Saint-Caradec où il relança, non sans difficultés, un commerce de vente de produits agricoles et d'engrais chimiques. Il s'y imposa vite comme premier de cordée indispensable au village en temps de guerre aussi bien qu'en temps de paix.

Cependant, après des décennies entre les murs de la demeure où avaient poussé sept bambins, le couple tournait la page. Le déménagement effectué, il ne restait plus qu'à vider la cave de ce qui y avait été amoncelé. D'abord enthousiaste, la fratrie, à proximité, se proposa trop heureuse de saisir l'occasion d'une distraction en cette fin de semaine pluvieuse.

L'activité tombait donc à point nommé, en tout cas en théorie, car conserver le même enthousiasme à l'intérieur de l'espace poussiéreux et inquiétant était une autre paire de manches. Encouragés, les minots s'y astreignirent et Mother en conclut que l'autorité parentale avait encore de belles années devant elle.

Les raisons de mon adhésion étaient tout autres. Mieux valait une besogne crapouilleuse pour tromper l'ennui plutôt qu'une grise journée à ânonner les tables de multiplication de sept, de huit et de neuf en vue d'assurer lors de la récitation du lundi matin.

La remorque fût attelée à la vieille Chrysler, assurée par des tendeurs et nous voilà en route à fredonner *Stewball*. Le pauvre bourrin – comment dire un ch'va en roulant les « r » – finit toujours par claboter, achevé par le vétérinaire. Quel boute-en-train ce Hugues Aufray !

Dès l'ampoule blafarde du plafonnier allumée, la stupéfaction saisit chacun des participants. La saleté de ce sous-sol froid s'avérait pire que ce que nous avions imaginé. L'entrelacs de planches cassées, de sacs de jute mités et de cartons moisis négligemment laissés pour compte ici et là, nous sembla insurmontable.

Pater fonça tête baissée, résolu à motiver les troupes. La bavarde entre les lèvres comme chaque fois qu'il réalisait un effort, il murmurait de temps à autre un « Bon d'là de bon d'là ». Héritage familial qui le défoulait et le gardait de blasphémer. La première demi-heure nous parut interminable. Aussi vive qu'une huître laiteuse, la clique transbahutait les encombrants pianissimo. Afin d'éviter d'inhaler les odeurs de cadavre, les apprentis éboueurs attrapaient les détritus du bout des doigts d'une main tandis que, de l'autre, ils se pinçaient le nez. Soudain, le meneur s'arrêta net.

– Tangi, éclaire-moi avec ta lampe de poche s'il te plaît.

J'approchai ma loupiote rectangulaire. Celle alimentée de piles plates d'où sortaient deux bornes métalliques qui nous envoyaient des décharges quand on y glissait la langue. Berluseau extirpa de derrière un tas de bois, un vieux soixante-quinze centilitres de vin, vide. Il le plongea dans un seau d'eau providentiel et le dépoussiéra. Semblable à Archimède, des eurêka ! plein la bouche, il m'indiqua les étoiles autour du goulot et annonça :

– L'expédition n'aura pas été inutile.
– Pourquoi ? interrogea Marine.
– Cette bouteille est consignée, nota-t-il, et si nous la ramenons au magasin, on nous donnera de l'argent en échange.
– Et combien y en a-t-il ?
– Des centaines.

L'après-midi, qui avait démarré comme une course au tétanos parmi les clous rouillés, se métamorphosa en une véritable chasse au trésor. Nous venions de gagner au loto. Adieu les problèmes de sous, les dettes qui s'empilaient sur le buffet de la cuisine. Terminées les soupes et les semoules liquides. Finies, les coupures EDF, fini, fini, fini ! Le moulin à rêve s'emballait.

Bonjour la nouvelle voiture dénuée de trous. Au revoir le Liège-Bastogne-Liège aux aurores jusqu'à Sainte-Thérèse. Nous achèterions des vêtements décents chez madame Libellule au 35 rue de Pontivy. Je ne porterais plus de bermudas été comme hiver parce que soi-disant le docteur avait conseillé que mes genoux respirent. Aucun rapport avec les gouplines ? Si, car quand on devient riche, on a les moyens de rallonger les pantalons avec du tissu Gore-Tex. Logique implacable d'un gamin de huit ans.

L'appât du gain enthousiasma le bataillon. Les chercheurs d'or excavèrent sans relâche les montagnes de débris avec comme objectif d'y découvrir l'Eldorado. Ils devenaient simultanément qui pionnier, qui pirate, qui égyptologue. Plus les fouilles avançaient, plus le butin s'accumulait. Le vidage des détritus nécessita un nombre incalculable de voyages vers la déchèterie et nous récupérâmes enfin cette manne qui n'attendait qu'à être ramassée.

Marie-Madeleine n'en revenait pas. Il s'agissait d'une heureuse surprise, comme le ciel nous en amena souvent sans que nous ne demandassions rien. En même temps, les occupants du Clos Pirou venaient de loin. Ils avaient appris à se contenter du strict minimum et à ne pas se plaindre étant donné qu'ils disposaient au moins d'un toit, d'un feu en permanence et d'un plat chaud le soir. Chaque coup de pouce, aussi menu soit-il, était vécu comme une fête.

Les largesses de la famille et des amis déjà, la solidarité ne constituant pas un vain mot chez nous. Comment oublier le jour où Nanie paya les factures en retard de mon école de musique pour que je continue la chorale ? Comment ne pas se sentir ému à l'évocation de la soirée mémorable où mamie Loiseau entra dans la salle, les bras remplis de victuailles ? À la suite d'un malentendu, Papom avait cru que nous mourions de faim.

L'aide surgissait de nulle part et surtout elle résultait de la bienveillance de sombres inconnus. Madame Chamblard, seule marchande de primeurs au bourg, qui fumait comme un pompier d'après les habitués, nous offrait les fruits et légumes abîmés en échange de trajets entre chez elle et l'échoppe. Dès lors, il existait pire qu'un foyer avec une voiture pourrie : un foyer privé de voiture.

Ou bien madame Loubard qui, un beau jour à l'improviste, sonna à la porte et nous offrit, ensuite tous les samedis, les poissons qu'elle ne vendait pas sur le marché. Devant notre ras-le-bol de la poiscaille – ne me parlez plus de sardines grillées –, la communauté religieuse du Pain de Vie écopa de la livraison. Le matin, avant d'être informés de cette nouvelle, les responsables du phalanstère avaient prié pour que leur progéniture mange plus de protéines animales. Comme quoi !

L'ultime clin d'œil de l'univers, nous le devons à ce gagnant à la loterie, la vraie, celle-ci, qui prêta à Maurice, bien des années plus tard, de quoi amorcer son entreprise de géobiologie sans le connaître. Je réalise que mon destin d'adulte suit un mode opératoire identique. J'ai le sentiment qu'une entité bienveillante protège mon quotidien et ne me laissera jamais tomber.

Avec l'accord d'André Villefranche, la retentissante cargaison de bouteilles vides fut apportée rue Chaptal où le nettoyage démarra. Nous ne pouvions décemment pas la déposer à la consigne telle quelle. Moyennant cinq francs, on me confia la mission de les astiquer. Une fortune ! Je dévaliserais le rayon Haribo. À moi les colas qui piquent, les ours en guimauve enrobés de chocolat et les sucettes sifflets de Chupa Chups, ch'est chuper. La boulangerie en face de l'église, où la caissière comptait les bonbons un par un, ne se remettrait pas d'une razzia pareille.

Le week-end suivant, nos précieuses et rutilantes boutanches furent empilées dans la remorque, le coffre, sur nos genoux et à nos pieds, direction le Prisunic. Première étape à peine sur le parking, rester discrets. On nous traitait suffisamment de romanichels, nous n'allions pas apporter de l'eau au moulin de nos détracteurs.

À l'aide de cinq caddies, un par personne, nous acheminâmes la marchandise jusqu'à l'appareil à consigne qui ferait de nous des nantis. Le raffut des flacons s'entrechoquant parce que roulés sur un sol mal goudronné eut raison de nos précautions. Les têtes pivotèrent, les yeux se levèrent au ciel. Nous redevenions la risée de la bourgade. Fort à parier que l'anecdote alimenterait les commérages des mégères à la messe et de leurs maris au bistro le lendemain. Peu importe, nous y étions arrivés. L'opération serait un jeu d'enfant. Que nenni !

La facilité n'eut jamais droit de cité au sein de l'odyssée familiale. Les bouteilles devaient être posées séparément, scannées par le dispositif, et acceptées. Il fallut en premier lieu s'armer de patience. Car certaines retournaient à l'envoyeur, à tort par-dessus le marché. La première centaine s'engouffra à l'aise. La deuxième et la troisième commencèrent à excéder le moteur puis s'ensuivit le tour de la quatrième. Impossible de les glisser dans l'ouverture prévue à cet effet.

Alors, l'on décida de leur prêter main-forte, en forçant un chouïa, sans deviner que de l'autre côté, l'espace destiné à les recevoir était restreint. Pensez donc, une installation de ce genre, au fin fond d'une sous-préfecture, n'était équipée que pour un nombre limité de litrons.

L'inévitable se produisit. Derrière la paroi en tôle ondulée, nous distinguâmes un fracas qui réveilla les morts aux alentours. Au pifomètre, une palanquée venait de s'effondrer et de se briser. Les six se raidirent d'effroi. Et mon père de trancher, « On continue, maintenant il y a de la place ».

On ne me dévoila jamais le total sur le ticket délivré par la machine de collecte de verre. Je me souviens juste que nous magasinâmes comme les blondes peroxydées des séries américaines. Le caddie était rempli à ras bord et les mômes firent même une emplette qui les aguichait. Les articles sitôt passés en caisse, l'employée décompta le montant de la consigne. Elle jaugea les drôles de clients et leur annonça mal à l'aise : « Mince ! C'est moi qui vous suis redevable. Tenez, voici dix francs soixante. Bonne journée ! ».

De véhicule neuf, nous ne vîmes pas la couleur. La trouvaille ne nous rendit pas millionnaires. Néanmoins, le sourire partagé par mes parents à cette seconde-là, ainsi que les agapes qui suivirent n'eurent pas de prix. Pas étonnant que notre chaumière ait autant aimé *La smala*, le film de Jean-Loup Hubert, avec Victor Lanoux et Josiane Balasko. Nos aventures se ressemblaient à bien des égards. Bien sûr, nous n'habitions pas ces banlieues faites de tours et de barres, construites à la va-vite. Nous abandonnâmes encore moins notre grand-mère aux urgences du fait qu'elle ne gobait plus ses Streets. Toujours est-il que face au dénuement, le système D, sans doute pas très catholique aux yeux des bien-pensants, représentait notre seule arme et les

Loiseau devinrent « Au village, sans prétention » des as en matière de débrouillardise.

Crâneur !

L'insulte en vogue parmi les écoliers de Saint-Caradec. Instaurée par les caïds et reprise en chœur par les moutons, elle visait à recadrer les personnes qui osaient s'éloigner du schéma imposé par la région : le football et les tracteurs. À l'étroit dans ce corset, j'en débordais comme l'eut fait un bourrelet disgracieux. Et subissais de facto les brocards d'une jeunesse aux antipodes de ma vision du monde et ce n'était que le début. Ma singularité en aura agacé pas mal durant ma scolarité. « J'avoue, j'en ai bavé. Pas vous ? ».

Ce n'est qu'arrivé au cours de théâtre René Simon à Paris, deux décennies plus tard que je découvris que je n'étais pas une aberration de la nature. La promotion entière s'était aventurée hors des sentiers battus dès le plus jeune âge. Sur scène, l'originalité offrait enfin un avantage indéniable. Et cette énergie libérée de tout dogme accompagnait nos vies de bohème et nos causeries aux terrasses des cafés de Lutèce jusqu'à pas d'heure.

Crâneur donc, selon Armel, parce que ce jour-là, à la cantine, je n'avais pas touché mon assiette. J'avais appris la veille, en espionnant derrière une porte, que Marine et Nolwenn, qui déjeunaient dorénavant à la maison, se contentaient d'un thé et de tartines beurrées. Cette façon cavalière d'épier les aînés devint mon unique moyen d'information vu qu'ils me dissimulaient tout. Il convenait de ne surtout rien ébruiter en présence de Tangi. Le gamin aurait pu mal vivre les rumeurs de divorce du couple ou les privations des grandes.

Malgré leurs précautions et sans forcément détenir les clefs pour comprendre, je savais. Un minot ressent les malaises qui pèsent alentour. Prouver à la tribu que je ne suçais plus le pouce aura nécessité de laborieuses conversations durant plusieurs années. À la longue, les adultes me mirent dans la confidence et me parlèrent d'égal à égal.

Au fait de l'indiscrétion concernant les filles, et porté par un élan de solidarité vis-à-vis d'elles, je décidai de ne pas avaler le déjeuner cuisiné par les religieuses de l'établissement. Je m'affamerais moi aussi. L'idée de l'abstinence fleurait presque le romanesque. Avec le recul, la démarche semblait « sotte et grenue » puisque le repas avait été payé, ou pas d'ailleurs. Le gréviste de la faim aurait dû en profiter à plein. Pour autant, il préféra le jeûne. De toute façon, cette langue-de-bœuf sauce Madère avec ses champignons microscopiques n'aiguisait guère l'appétit. Le regard *d'biwé*[5] des convives eut raison de ma patience. Je levai le doigt et demandai à sortir. Voyant mon visage livide, l'institutrice chargée de la surveillance m'autorisa à prendre l'air.

Je pénétrai une cour déserte, et une fois n'est pas coutume, ensoleillée. De ce silence inhabituel et propice à la rêverie, des souvenirs contradictoires refluèrent d'un passé simple ou composé. Les rires et les chants des défilés de marionnettes de madame Pelan se mêlèrent à la brise. Les moqueries des persifleurs au spectacle de mon crâne rasé, lors d'une dramatique épidémie de poux en septembre, trouvèrent un écho douloureux sous le préau.

Je m'isolai pourtant là afin de reprendre mon activité manuelle du moment, le tricot. J'avais chipé des aiguilles qui traînaient au fond d'un tiroir et une pelote démodée qu'aucune ménagère avec un tant soit peu d'orgueil n'aurait employée. Je tâchai de confectionner une écharpe à même d'épater la galerie caradocéenne, voire loudéacienne. Autant viser haut !

Mon nouveau dada. À coup sûr un moyen de ressembler à maman. Elle montrait une jolie dextérité en ce domaine. « Marie-Madeleine, un brin de laine l'entraîne », aimait à répéter René Lefèvre, son seul vrai copain. Je l'observais des soirées complètes au coin du feu, élaborant avec aisance, en jersey ou en point de riz,

---

[5] De travers en patois

ces matières douces que nous porterions en pull ou en bonnet. Le cliquetis de l'ouvrage bruit toujours sous ma caboche. Ses merrr-credi et pieux jurons également quand la virtuose décelait une maille en fuite et qu'elle défaisait le rang. L'astucieux Thésée avait alors mission de rembobiner le fil d'Ariane. Au cœur du salon devenu labyrinthe, les recherches commençaient. En général, le roi d'Athènes récupérait le trésor au creux du canapé usé par nos chiens aux lointaines allures de Minotaure.

Je ne ratais jamais une occasion de l'escorter à la mercerie Le Cam rue de Cadélac en vue de choisir les couleurs des prochaines créations. J'appréciais le calme qui y régnait une fois que la clochette avait retenti, indiquant que le battant était refermé et que le bruit de la ville ne nous atteindrait plus. Butinant le nuancier ouaté, je humais les boules de laine disposées avec zèle par marque : Phildar, Woolmark, Pingouin. Pendant que ma mère s'informait des potins du village auprès de la marchande, dans cette acoustique qui ne dépassait pas les vingt décibels, je m'imaginais habiter l'espace feutré dans lequel oublier la dureté du quotidien devenait possible.

Assis sur la marche à l'entrée de la salle des CP, une maille à l'endroit, je m'appliquais au-delà du raisonnable au point de me couper de mon environnement, une maille à l'envers. Je contemplai mon chef-d'œuvre, une maille à l'endroit. Il avait bien avancé, une maille à l'envers. À la huitième maille, à l'endroit, je crois, un projet s'imposa. Pourquoi ne pas vendre le cache-col ? Celui-ci et les prochains. Plutôt que d'encaisser les humiliations au foot, recourons à ces minutes de récréation perdue et fondons une entreprise rentable.

Le nom de la SARL ? Marie-Mad'Laine. L'initiative aiderait le clan à offrir à Marine une communion solennelle haut de gamme et sur le court terme, un déjeuner convenable. En effet, notre réfrigérateur garni nous avait rendu le sourire à la suite de l'épisode des bouteilles. Toutefois « au bout de cinq à six semaines, les vivres vin-vin-vinrent à manquer, oh hé oh hé ! ».

Soudain, la frénésie des écoliers à la sortie du réfectoire m'extirpa de ma torpeur. Ce vol de coucous, relâchés par les bonnes sœurs, donnait l'impression qu'ils avaient été internés de force au service psychiatrique de Plouguernével.

– Hé, regardez ! Tangi tricote. Armel frappa à nouveau.

« Fille manquée, fille manquée », renchérit l'équipe prête à digérer, le temps de quelques passes avant le retour en classe. Les vilaines critiques autour de moi allaient bon train. « Il tend l'aiguille pour se faire piquer ». « Non, camarades, je permets à ma créativité de s'épanouir. L'électron libre, face à vous, ne souhaite pas finir son existence dans une fosse à lisier ».

Par malheur, je n'avais pas la repartie suffisante. Tandis que, baissant l'échine, je me laissais insulter par la bande de lourdauds, madame Hamayon, la maîtresse de grande section, progressiste dans l'âme, me défendit. « Ce hobby est praticable par tous ». Et toc ! Une maille à… zut, j'en suis où ?

Pédalant comme un cinglé vers le Clos Pirou, l'audacieux entrepreneur « comptait déjà dans sa pensée tout le prix de » sa laine. La future manufacture bénéficiait de surcroît d'un atout de maille. Pardon, de taille. Car j'avais acquis l'expérience de la vente.

L'affaire débuta, cela est fréquent en pays loudéacien, par une histoire de bondieuserie. Alice, ma grand-mère maternelle adorée, tenait coûte que coûte à susciter en moi la vocation. Prêtre, cardinal ou pape, qu'importe le grade, tant que je vouais ma vie à Dieu. Elle avait loupé le coche avec Maurice alors qu'il logea, à sa demande à lui, entre les murs de l'abbaye de Timadeuc. Les moines le raccompagnèrent promptement vers le parking. Dévoré sans doute par les démons de ses vingt ans dissimulés sous les traits de sa bien-aimée.

Mamie se rattrapa sur le petit-fils. Aux prières du soir, elle insistait plus que de raison. Le père La Tuile attend toujours, le pauvre. Quoi qu'il en soit, elle m'amena au pèlerinage annuel de Querrien, seul lieu d'apparition de la Vierge Marie authentifié en Bretagne. La femme pieuse y occupait un stand de dizainiers, chapelets et bibelots religieux à profusion. Elle me confia le soin de cameloter le programme de la journée aux fidèles présents.

Même garçonnet, on comprend qu'on ne laisse pas les gens indifférents. Avec ma bouille ovale, mes cheveux mi-longs et mes yeux bleus, je bazardais les pamphlets à cinq francs aussi vite que Jésus aurait multiplié les pains. Mis à part les « Bonjour jeune fille » et les méprises entre anciens et nouveaux, non pas testaments, mais francs – « Cinq cents francs ? Non, madame, cinq francs ! Elle est bouchée ou quoi ? » – je me sentais comme un poisson dans l'eau bénite. Les pèlerins me disaient mignon et écoutaient mes boniments sans broncher.

Puis, pendant qu'ils entonnaient *Sainte Anne ô bonne mère*, j'eus une sacrée révélation. Le produit n'est que secondaire. L'important se concentre sur le vendeur et la présentation.

Fort de cet apprentissage, et convaincu de mes charmes, je tentai une autre approche pour gagner ma galette : la chanson. J'exécutais des performances à titre gracieux pendant les kermesses, les mariages, les messes. « Cet enfant à la voix des anges » répétaient à l'envi les grenouilles de « bénitières » qui accaparaient, telles des groupies, le brave curé à chacune de ses sorties de l'église. Cependant, le moment était venu de tirer profit de ce talent reconnu et de se rebiffer contre l'exploitation. À la manière d'Édith Piaf, je décidai de promouvoir le don en plein air. Et quel meilleur endroit que la place des halles à Loudia, près de la boutique de disques désormais disparue !

Le coin me paraissait approprié et rempli de mélomanes. L'effort se solda par un cuisant échec. Primo, car même à cette époque, les foules ne se précipitaient pas au bourg les après-midi. Deuxio, les passants clairsemés et surpris snobèrent mon répertoire enfantin.

Pourtant, j'avais échafaudé un scénario poignant. *Voulez-vous danser grand-mère* aurait ému mademoiselle Le Gal, qui aurait glissé au creux de la casquette posée devant moi, un Pascal qui se gratte la tête – souffrait-il de pédiculose le jour du tirage de portrait ? Ou mieux, Bécassine aurait aiguisé la curiosité du disquaire qui aurait appelé sur le champ Jacques Martin, à l'évidence son beau-frère. Ah ! Si la réalité était aussi simple que les élucubrations des mômes ?

« Adieu veau, vache, cochon, couvée » ? Non. Je rentrai bredouille soit, avec la certitude en revanche que n'importe quel revers était bon à prendre. Il fallait sans façon changer son fusil d'épaule. Pourquoi ne pas commencer en tant que salarié d'un commerce établi ?

Doté d'un esprit de persuasion hors du commun, d'autres murmureraient, de manipulation, je réussis à convaincre les parents, sous prétexte d'honorer l'arrière-grand-père boulanger, de travailler les mercredis matin chez Pétring. Une institution du pain et de la pâtisserie rue de la Chèze, en face de la place Notre-Dame. Outre les qualités d'artisan de Jean Loiseau, l'aïeul en question, ce sont ses écarts de conduite au sens propre qui s'encroûtent aujourd'hui encore dans nos mémoires. Le bougre partait en tournée, au crépuscule, livrer ses miches sur une charrette tirée par un cheval. Conséquence de nombreux pots de l'amitié sur les toiles cirées des fermes avoisinantes, le loyal et malin destrier prit l'habitude de ramener le suppôt de Bacchus seul jusque chez lui. Rien de reluisant, mais tant de fous rires lors des dîners de famille méritaient un hommage de sa descendance.

Touchés par la proposition du bout de chou, les propriétaires acquiescèrent en échange d'une chocolatine une fois la matinée terminée. Oui, je n'excellais pas en négociation, à l'exemple de Nolwenn à sa fromagerie.

J'appartins, sur une courte période, à la France qui se lève tôt. Je découvris la méthode du pétrissage, du façonnage, la fabrication des abricotines, la cuisson à la chaleur des grands fours, autant de savoir-faire magiques et d'odeurs inoubliables. Au sein de cette ambiance d'hommes, la gent féminine étant reléguée au magasin, il n'était pas rare que le patron s'abandonne à des plaisanteries coquines.

Je pouffais, contraint et forcé, afin de ne pas apparaître comme le nigaud de service et effaçait aussitôt de mes neurones la chute du point commun entre une femme et un transpalette. Par contre, l'anecdote du boulanger qui pendant la Seconde Guerre urinait dans sa pâte et refourguait sa baguette à l'occupant allemand a traversé l'Atlantique. Pendant de longues années passées à enseigner ma langue maternelle à l'Alliance Française de Miami, ce récit donna lieu à d'innombrables haut-le-cœur et rires sous cape de la part des élèves.

Toujours est-il qu'en 1982, la haine du « Chleuh » était encore enracinée. Ce qui rendait ce genre d'humour acceptable. Schuman, Monnet, les différents traités européens ainsi que le jumelage de Loudéac avec la ville de Büdingen en Hesse facilitèrent l'oubli des inutiles rancœurs. Tant et si bien que le mot « boche » ne rima plus qu'avec outillage irréprochable.

À l'ouverture, le travail consistait à amener, en évitant de se brûler les doigts, le pain chaud de l'arrière-boutique et de l'entreposer sur les étals. Une activité ponctuée de « Bonjouuuur », « Et avec ceciii ? », « Ce sera tout, ma petite dame ? » des vendeuses que je jugeai déjà beaucoup trop maquillées, et que je surnommai « pot de peinture » en douce. Des semaines s'écoulèrent et mon contrat à durée indéterminable s'acheva sur un malentendu entre la direction et mézigue. J'avais réclamé un Malabar en augmentation. Madame Pétring l'avait noté sur le compte de Marie-Moitié qui me le reprocha sur le chemin du retour. Un sou était un sou ! Vexé, je ne mis plus jamais les pieds à la boulangerie.

Le tricot fini, j'acceptai la dure réalité. J'avais beau la triturer en tous sens, l'écharpe façonnée avec passion sous le préau, et qui me paraissait la Huitième Merveille du monde, perdait de sa superbe dès la nuit tombée. Irrégulière et pleine de trous, elle s'avérait invendable. Je la remisai dans un placard. Le fiasco, au pire, servirait de boudin de porte en cas de coupure EDF. Il fallut le reconnaître, j'avais besoin d'aide.

Je partageai mon plan avec Rinma. Cette dernière m'apporterait son soutien sachant qu'elle était la raison pour laquelle je me démenais. Nous inventerions l'article indispensable à tout foyer qui se respecte et démarcherions les résidents du proche quartier, à la manière d'Édouard Leclerc.

En effet, la fierté régionale avait démarré son puissant empire en opérant de même au volant d'une vieille camionnette pourrie qui n'avait rien à envier à notre Chrysler. À force d'avoir vendu sur demande de l'école des billets de tombola et des abonnements aux magazines populaires, je savais qui du voisinage achetait de bonne grâce et quelle demeure contourner pour cause de radinerie. Le succès s'offrait à portée de main.

Les concepts fusèrent et le choix s'arrêta d'un commun accord sur des étiquettes en carton à destination des protège-cahiers plastifiés. L'acquéreur y inscrirait nom et prénom et la glisserait ensuite sous l'encoche transparente réservée à cet effet. L'idée du siècle, personne n'y avait pensé avant. *Anat dit !*[6]

Avec nos gueules d'anges et notre légendaire complicité, nous étions assurés d'en débiter des dizaines à un franc pièce, ne serait-ce qu'aux mamies du lotissement sur un quiproquo. Malheureusement, le milieu des affaires se montre cruel. Le novice paye d'ordinaire les frais de sa méconnaissance du marché et de cette notion étrangère à un âge si peu avancé, le timing. Au mois de février, ça faisait belle lurette que les encoches avaient été remplies, et surtout, erreur de débutant, l'objet trop épais ne s'y insérait pas.

« Remuez-vous les méninges ! » nous aurait conseillé Mother. Si Dieu avait pu nous en garder ! Cette ultime tentative fut la plus ridicule de nos entreprises. Elle trouva en un tour de main sa place au top dix des anecdotes familiales embarrassantes.

Mes parents, comme la quasi-totalité des gens de la génération soixante-dix, avaient parié sur les tisanes aux arômes et couleurs inconnus contre la rage et le choléra. J'ai souvenir de ce magasin où nous traînions nos savates les samedis après-midi, pendant que les adultes tenaient d'ennuyeuses conversations sur les bienfaits des orties avec des commerçants aux looks de hippies. L'ironie du sort veut que je m'adonne aujourd'hui aux remèdes de grand-mères. Je discute volontiers le bout

---

[6] Pensez donc ! en breton

de gras avec la responsable bio du Whole Foods à Palm Beach Gardens.

Bref, en ce temps-là, le cellier regorgeait de poudres de perlimpinpin. La smala rarement exposée au virus rabique ou à la bactérie Vibrio cholerae, les décoctions miraculeuses finissaient oubliées derrière les raviolis Panzani et les tablettes de chocolat Nestlé. Et si nous les vendions ?

Sur les sachets entassés était indiquée la composition des mélanges de plantes avec les effets escomptés. Pissenlit, foie ; gentiane, estomac ; mélisse, intestin. L'une d'elles attira mon attention, tant le nom et l'indication se révélaient hermétiques. Mauve frisée, problème de selle ? Réflexion faite, je conclus qu'elle devait être destinée aux dames âgées qui avaient des soucis avec l'équitation et dont la coloration de la permanente avait viré au violet. Il existait donc des antidotes pour tous les maux de la terre.

Au cas où, nous inventâmes des mixtures qui réglaient de multiples ennuis à la fois. Hémorroïde et cholestérol, flatulences et perte de cheveux, sommeil et constipation. La réclame coulait de source. Après les bonjours d'usage, le duo déclamerait tels des docteurs Knock une accroche humoristique, « ça vous chatouille ou ça vous gratouille ? », et recommanderait aux hypocondriaques des environs les pisses-mémères adéquats.

Tout était prêt, il ne manquait que les pochons qui emballeraient le précieux assemblage. Nous jetâmes notre dévolu sur un contenant inépuisable dans une famille de quatre filles, dont trois femmes : les sacs bleus qui servaient à emballer les serviettes hygiéniques usagées.

Imaginez la tête des habitants du quartier en voyant débarquer des charlatans munis de ces petits paquets. Adorables ou pas, malades ou non, les portes claquèrent sans un kenavo et les compères battirent en retraite à peine passée la troisième adresse. Avec en prime, la frustration de ne pas avoir entièrement saisi la raison des refus.

Paf… ou piaf.

Le choc sur la large baie vitrée de la pièce à vivre résonna aux quatre coins de la demeure. Habitué, le gang de curieux se précipita de manière à repérer quel oiseau s'était encore mangé la fenêtre. Un étourneau étourdi ? Une bergeronnette bécasse ? Plus gros messieurs-dames : une tourterelle rieuse ! Après l'écrasement, l'humeur de la bête n'était pourtant pas à la franche rigolade. Elle contemplait le vide, les ailes déployées comme des béquilles et le bec grand ouvert à la recherche du souffle perdu. Marie-Moitié enveloppa l'animal d'un torchon et l'isola du tumulte afin de ne pas le stresser davantage.

Considérant l'insistance de la marmaille, « On veut le voir, s'il te plaît ! », maman obtempéra. Ainsi qu'une sage-femme présente un nouveau-né à une famille impatiente, elle leva le linge et les enfants lièrent connaissance avec Isabelle, une jeune pousse gris-bleu à la prunelle hébétée.

L'invalide trouva refuge une heure ou deux au fond d'un carton perforé, le temps de reprendre ses esprits. Le moment arriva de la relâcher afin qu'elle rejoigne ses copines. Ouvrez, ouvrez la cage aux oiseaux. Regardez-les s'envoler c'est… Que traficote la bourrique ? La demoiselle qui recouvrait la liberté à tire-d'aile fit demi-tour et atterrit à un mètre de la tribu venue lui souhaiter bon voyage sur la terrasse.

Une poignée de graines jetées à terre scella l'union sacrée et le petit frère, dont j'avais toujours rêvé, nous adopta. Oui, Isabelle était un mâle. Nous ne l'apprîmes qu'ultérieurement en raison des narines claires et des fameuses bandes blanches au-dessus et au-dessous de son collier noir.

Le prénom lui colla à la plume et notre intérieur où il virevoltait avec aisance s'imposa comme son terrain de jeu. Le drôle de zozo refusa le grand air et gîtait perché sur les placards. Il ne le quittait que pour participer aux repas. Telle la mouette rieuse de Gaston Lagaffe, le Mirage F1 opérait des vols piqués vers la table et chipait légumes, pain voire peau de poulet. Les bandes dessinées de Donald et ses neveux mangeant une volaille au dîner ne constituaient donc en rien une hérésie bédéesque : le colombidé pratique le cannibalisme.

Mis à part d'incontestables déplaisirs, à l'exemple du nettoyage régulier des surfaces où le bonhomme habitait, les roucoulades et battements d'ailes dotèrent le logis d'allures printanières, quelle que soit la saison. Ainsi que d'innombrables poilades lorsque l'espiègle venait se poser sur les têtes et s'emmêlait les griffes parmi nos cheveux.

Le Clos Pirou méritait sa réputation d'Arche de Noé. Comme nous accueillions les personnes nécessiteuses, je ne compte plus la faune qui réalisa un bout de route en notre compagnie sur deux, quatre et même trois pattes. Isabelle est le seul qui effectua une entrée aussi fracassante.

La plupart, souvent des clébards, débarquaient au jardin en catimini ; sans doute, grâce au remarquable gueule-à-oreille colportant notre réputation dans le quartier. Tout nouvel arrivant, une fois épucé, lavé et nourri, trouvait la table épatante. Il s'asseyait dans l'herbe, nous regardait du coin de l'œil et ne disait rien. « Le langage est source de malentendu ». Chaque jour, il s'installait un peu plus près et finissait par être apprivoisé. Sa clabauderie se mariait divinement à la miaousique de la ménagerie rampante, volante et dandinante qui paradait au 16 rue Jean-Antoine Chaptal.

Certaines espèces, quoique traitées à l'égal des rois, connurent des destins funestes. Bombarde, le cochon d'Inde aux cris suraigus, ne survécut pas à la énième crise cardiaque. Au cours d'un ultime tour de roue, il fut projeté sur la litière en granulés. Agité de spasmes quasi théâtraux, le cobaye expira en se vidant d'un pet malodorant. Les parents, partagés entre hilarité et chagrin, me consolèrent en affirmant que quand on fait encore marrer, on n'est pas vraiment mort.

Il fut enterré sous les noisetiers, à une encablure du clapier de Panpan. Ce lapin domestique m'avait été offert par une camarade de classe à un anniversaire et partagea ma chambre les premiers mois de son existence. Le solide gaillard dépassa vite les trois livres et se trouva à l'étroit entre les grilles de son cagibi. Il jouit alors de jolies années en extérieur jusqu'à cet étrange passage éclair de Papom en pleine semaine.

Le dimanche qui suivit, nous dégustâmes, à notre insu, un délicieux civet agrémenté de pruneaux. En lui apportant les déchets organiques, ma corvée du week-end, je constatai son absence et osai la question qui tue : où est Panpan ? Ce à quoi Marine répondit dans une de ses saillies involontaires :

– Papom a dépucelé le lapin.
– « Dépecé », corrigea maman.
– Pourquoi, il y a une différence ?

La nature ayant horreur du vide, d'autres bestiaux vinrent remplacer les comiques et les ragoûts. Penny, Pataud, Pitou, Caramel et Nougatine, Chester, Julie. De ce Who's Who, je garde une préférence pour Rintintin. Le chien fidèle par excellence : courageux comme à la télévision, rebelle comme les bâtards. Le poil hirsute noir et blanc, affectueux et au caractère bien trempé, il semblait foncièrement humain. Un museau qui se penche, un mouvement de queue ou d'oreille et tout était dit. « Il ne lui manque que la parole » ! Combien de nuits de Noël, tentai-je de rester éveillé, désireux de bavarder jusqu'à l'aube avec lui, convaincu que la croyance bretonne selon laquelle les animaux conversent le 24 décembre au soir s'avérait exacte ?

C'est le seul canidé que je connaisse qui possédait, chevillé au corps, ce besoin de protéger ses maîtres. Il plongeait dans les rouleaux déchaînés de la plage de la Pissotte à Saint-Cast, saisissait le bras de la personne qui lui paraissaient en péril et la traînait vers le rivage.

Il suivait Nolwenn au collège et se faufilait en classe de biologie. Quand mademoiselle Even, la professeure, tentait de l'en expulser à l'aide d'un balai, le loyal compagnon attrapait l'extrémité opposée et tirait dessus par jeu. À force de s'entraîner avec Pataud sur la tente deux places de papa, le corniaud avait musclé sa mâchoire. Il quittait donc vainqueur l'établissement, bâton de maréchal en travers de la gueule sous les hourras ! des élèves frénétiques.

Enfin, il coursait la voiture le dimanche et nous accompagnait à l'église. Le catéchumène patientait pendant l'office sous le narthex, et calquant son comportement sur celui de son entourage, hurlait parfois à la mort quand les notes de l'orgue flirtaient avec les aigus.

Cavaleur de première, il passait la majeure partie de son temps à se bagarrer contre des concurrents pour couvrir une femelle en chaleur. Quand ses fugues se prolongeaient, une rapide visite à la fourrière, et nous récupérions Don Juan, mordu de toute part, maculé de sang séché, mais ayant le sentiment du devoir accompli.

Soixante jours plus tard, les voisins défilaient sur le perron, l'air accusateur, portant d'adorables mini Rintintin au creux de leur panier. « C'est à vous ça ? ». Ainsi, le mâle alpha dissémina son ADN parmi les fifilles à sa mémère au-delà des limites de Saint-Bugan. Pas besoin d'aller si loin pour en retrouver la trace, il suffisait de traverser la rue. Madame Huilant, qui s'était fait mordre la cuisse lors de l'épisode du toit, avait eu la gentillesse d'en adopter un, des années auparavant. Comme les chiens ne font pas des chats, Miki, l'individu en question avait hérité des mêmes inclinations.

Copie conforme du géniteur, il était fréquent que les gendarmes composent notre numéro de téléphone qu'ils connaissaient par cœur et claironnent qu'ils avaient capturé notre fuyant toutou. Et mes parents de fixer Rintintin avachi sur le canapé, et de répondre qu'il y avait erreur de casting. « Si ce n'est lui, c'est donc son fils. Appelez les voisins ». Les maldonnes demeuraient exceptionnelles parce qu'en période de rut les deux fréquentaient des adresses identiques aux mêmes moments. Père et fils guerroyaient à mort de façon à impressionner l'obscur objet du désir.

Un soir qu'ils s'adonnaient à l'un de leurs duels en pleine rue, madame Huilant sortit de sa cuisine, munie d'un seau d'eau, avec l'intention de séparer les antagonistes. Marie-Madeleine, inquiétée par les grognements, l'imita équipée d'un râteau, le premier outil qui lui tomba sous la main. Désorientée par la pénombre, elle administra un violent coup de manche sur le crâne de l'autre propriétaire. La victime vira du gris clair au gris foncé et traita l'assaillante de toutes sortes de noms d'oiseaux. Celle-ci ne put retenir un rire improbable qui désarma les clebs. Ils battirent en retraite et regagnèrent chacun leur niche.

Notre cabot disparut un matin. Nous rentrions bredouilles des passages répétés à la fourrière. À l'évidence, il avait gagné le paradis des animaux. Que de larmes versées !

Un jour, lors de la vidange de son puits, l'antédiluvienne voisine que Mother suspectait d'avoir été danseuse légère sous l'occupation, détecta des restants de pelage et d'ossements. La nausée assumée, nous en déduisîmes qu'un tiers malintentionné l'y avait plongé par méchanceté ou pour cacher le fait qu'il l'avait renversé. Noël avait tiré sa révérence depuis longtemps. Cependant, cette nuit-là, j'eus, secrètement, ma conversation avec mon cador préféré. Je pus lui dire adieu.

Les semaines défilaient, et à l'exception des cuisses de grenouilles en entrée, le menu de la communion solennelle de Rinma se révélait fort maigre. Un samedi, René Lefèvre, notre ami « qui a des sous » rendit en tout bien tout honneur sa visite hebdomadaire à maman. Celui qu'elle surnommait en plaisantant « mon amant » souligna, plein de bon sens, que la solution au problème se situait selon toute vraisemblance devant elle. Si sa camarade voulait de la viande à profusion lors du repas de fête, elle avait intérêt à prendre le taureau par les cornes ou plutôt les gallinacés par la queue. Le terrain grouillait de ces pique-en-terre à ne plus savoir qu'en faire.

La colonisation avait démarré gentiment. Berluseau avait ramené des poules et des coqs de Barbarie de chez madame Benito. Nous profiterions d'œufs frais gratuits dès le lever du soleil. « On ne peut pas les enfermer, ils aiment trop la liberté », s'entêtèrent les enfants ainsi que ma mère. Maurice consentit à les laisser folâtrer au cœur de l'immense parc, à la condition bien entendu que les minots se chargeassent du ramassage de la ponte. « Compte sur nous, ça sera Pâques tous les matins ».

Comme le disait Grand-Père : « Les belles promesses rendent les couillons joyeux ». L'enthousiasme des premiers jours céda en un clin d'œil la place à un je-m'en-foutisme contagieux. Même Pater lâcha l'affaire. Le clan négligea tant les pimpantes demoiselles et les fiers damoiseaux, qu'ils proliférèrent tels des lapins sur les pistes de Roissy.

Faute de gestion de la basse-cour, nous ne profitâmes presque jamais de leurs présents quotidiens. Il nous arrivait d'en dégoter de temps en temps, mais la question restait la même. Quand ont-ils été pondus ? Sont-ils consommables ? Combien de pâtes à crêpes, combien de préparations de far breton avons-nous gâchées en y cassant un œuf périmé, voire rempli d'un fœtus mort ? Il fallait avoir le cœur bien accroché au cours des activités de pâtisserie.

Le doute planait tant que les marmots atteignirent des sommets de sottise. Entre autres, lorsque Nolwenn, en plongeant le menu de midi dans de l'eau bouillante, crut percevoir le pépiement d'un pioupiou. L'aliment mollet fut retiré en catastrophe de la casserole et emmitouflé à l'intérieur d'un gant de toilette. Moïse – oui déjà baptisé – naîtrait au chaud au bord de la cheminée. Au vingt et unième jour de gestation, le titi ne montra pas le bout de son bec. Hélas, nous l'avions sauvé des eaux trop tard et il avait cuit à la coque. De la graine de bourreau, ma brave dame, ou de chef cuistot d'Asie, où les habitants raffolent de cette spécialité culinaire appelée le balut.

Le cercueil ovoïdal se volatilisa à brûle-pourpoint. Le mystère persiste aujourd'hui encore. De l'avis de certains, il aurait rejoint une dizaine de ses confrères derrière l'armoire du cellier. En effet, quand

Emmanuelle voulait tuer le temps, elle n'hésitait pas à en balancer quelques-uns à cet endroit, histoire de se fendre la coquille.

Soudain, sous les brouillards matinaux, nous vîmes s'approcher une première pondeuse, gonflée d'orgueil, venue présenter sa récente portée. Un spectacle féérique pour un public de sept à soixante-dix-sept ans. Melaine ne pouvait s'empêcher de verser une larme derrière la baie vitrée. À ses cinquante ans, nous lui en offrîmes une en céramique. Elle aussi, débordante de fierté, chaperonnant avec dévouement sa descendance. Symbole de la mère protectrice qu'elle avait toujours été.

Cette première nichée donna des idées aux femelles alentour qui décidèrent de l'imiter. Tant et si bien qu'un ingérable flux submergea nos espaces verts. Ne possédant aucune notion relative à la consanguinité, les emplumés marivaudèrent avec leur propre progéniture. La bacchanale, plutôt amusante à observer, eut toutefois des conséquences dramatiques quant à l'état du jardin et aux relations avec le voisinage.

« Se lever comme les poules » n'est pas une vaine expression. À quatre heures, au réveil du boulanger dans le quartier adjacent, la lumière de sa chambre générait une cacophonie de cocoricos d'un côté de la haie et des effusions de colère de l'autre. La rumeur prétendit que les ventes de boules Quies explosèrent au Suma du coin.

En comparaison, le chant de leur lointain cousin Maurice sur l'île d'Oléron s'assimilait à de la roupie de sansonnet.

Naturellement, cette surpopulation représentait des dizaines de becs à nourrir. L'été, passait encore. C'était bucolique de jeter du blé sur l'herbe. En revanche, les froids matins d'hiver, afin d'éviter de nous geler les fesses parce qu'en pyjamas, nous catapultions les graines à même la terrasse et rentrions aussitôt nous mettre à l'abri. Pour les trop urbains d'entre vous, sachez que la race de Barbarie, si élégante soit-elle, ressemble à s'y méprendre à un tuyau. Ce qu'elle mange elle le défèque là où elle l'a ingurgité. En conséquence de quoi, le patio devenait infranchissable selon la saison et à dire vrai, fétide.

Les arrivées successives de poussins attiraient immanquablement les prédateurs. À l'ouverture de la chasse, l'humour était dans le pré. Avez-vous déjà assisté au match d'une galine défendant ses petits face à un hérisson ? Le ballet méritait l'homologation Cirque du Soleil et le carnivore à poils durs ne triomphait que par accident.

Au regard de cette lutte pour la vie des rejetons, l'on comprend mieux le lien si fort que la maîtresse de maison avait noué vis-à-vis de ses demi-mondaines. Elle pouvait, en hiver, en abriter une sous son toit lorsque celle-ci tombait malade ou était blessée. « Chacune des créatures de Dieu a droit à une chance », répétait-elle.

La protégée, d'un sommeil léger, caquetait à foison dès l'instant où l'un de nous se hasardait aux toilettes au beau milieu de la nuit. Entre les humeurs de la cocotte et les coucous d'Emmanuelle, se soulager en toute discrétion relevait de la mission impossible. La légende prétend tout de même qu'avec l'arrivée des nuits douces, une rescapée passa par la fenêtre entrouverte et pondit un œuf sur la table de nuit de sa bienfaitrice en signe de remerciement.

C'est pourquoi l'évocation par l'invité de leur liquidation totale à des fins économiques s'apparentait à peu de chose près à un infanticide.

L'idée du génocide se fraya quand même un chemin, car le 14 février 1982, ordre fût donné de s'habiller en n'oubliant surtout pas le Damaaart thermolactyyyl. Nous allions perpétrer en famille notre fameux massacre de la Saint-Valentin. Notre éden prit des allures chicagoaines et le temps d'un après-midi nous nous transformâmes en Al Capone. Sus aux poules de luxe !

L'abattage fut confié à un professionnel de la viande, les Loiseau se concentrant sur la capture. J'entends encore les fous rires mêlés aux respirations courtes devant la difficulté à les attraper. À force de les avoir accoutumées à l'indépendance, les agiles bougresses témoignèrent de beaucoup de débrouillardise. Elles avaient pris, ça ne s'invente pas, l'habitude de dormir perchées sur nos sapins de manière à se prémunir des prédateurs du haut de la chaîne alimentaire.

Il fallut donc, non seulement les plaquer dans la boue à la façon d'un Jean-Pierre Rives au Tournoi des Cinq Nations, mais aussi jouer les équilibristes sur les fragiles branches des résineux pour les en déloger. Les rôtis en devenir furent ensuite mis en caisse et entassés sur la remorque, direction l'abattoir. Derrière ses lunettes rondes qu'elle cherchait partout et qui trônaient le plus souvent sur sa tête, je devinais les yeux embués de la femme au foyer. Avant le départ, elle leur adressa un message d'adieu :

– Vous avez rempli votre rôle en créant de l'animation et en offrant, à de rares occasions je le reconnais, de quoi cuisiner des gâteaux et des omelettes, le moment est venu d'aller…

– Vous faire cuire un œuf ?

– Tangi ! Reposer en paix.

À l'instar de la péninsule du Yucatán dévastée par un astéroïde il y a soixante-six millions d'années, nous assistâmes à la fin du règne avicole dans le quartier du cimetière. Le lendemain, au lever du boulanger, aucun caquètement ne perturba le sommeil du voisinage, à son infini soulagement, j'imagine. Néanmoins, ce silence déstabilisa le nôtre. Nous souffrîmes tous d'insomnie. En définitive, les cinq compatissaient plus qu'ils ne le pensaient à la tristesse de maman. En dépit du fait que ce fut pour la bonne cause, nous ne pouvions que regretter la disparition de la basse-cour qui, quoi qu'on en dise, faisait partie intégrante de la famille.

Le calme ne dura pas, puisqu'un nombre conséquent de poules parcourut le trajet dans le sens inverse, à la mode de pigeons voyageurs surentraînés. Nous découvrîmes le pot aux roses à la livraison de la viande. À force de s'ébrouer à l'air libre, les galliformes étaient devenus des bêtes de compétition, loin des blancs-becs mollassons et pâlichons élevés en batterie.

Dès l'arrivée à l'abattoir, les cages à peine ouvertes, ils s'étaient rués au travers des allées, créant une panique générale auprès des employés. L'espèce d'espèce montait sur les machines, passait par les fenêtres, envahissait les bureaux. De parole d'ouvrier plumeur, on n'avait jamais vu ça. « C'est comme si elles avaient prévu le coup, m'sieur Loiseau », argumenta l'un d'eux comme pour s'excuser d'en avoir perdu le quart.

Il semblerait, aux dires des cancanières, que de même que Rintintin a repeuplé la population canine loudéacienne, nos super dodues et nos coqs sportifs auraient fait pareil parmi leurs congénères du voisinage. Une seule certitude, la plaisanterie familiale jouant sur l'homophonie : « Les poules s'égayèrent dans la cour, dès qu'on – des cons – leur avait ouvert la porte » n'eut jamais autant de sens qu'à cette occasion-là.

« Alors c'est ici que vous vivez.
Oh ! Maman s'y plaira beaucoup ».

Regard interdit de John Robie sur Frances Stevens après le baiser final ; en tordant le cou vers l'arrière comme les codes du genre le dictaient aux actrices de l'époque. Ne souffraient-elles pas de lumbagos ? Le public devine qu'il ne portera pas la culotte au sein de la somptueuse villa de la Côte d'Azur. The End. « Pourquoi les films américains se terminent-ils toujours sur cette référence à la boisson chaude » ?

Les adultes bâillèrent et arguèrent que le réalisateur avait signé là une jolie sucrerie acidulée. En éteignant le poste du salon des grands-parents paternels, les voilà en train de disserter sur les carences scénaristiques de *La Main au collet*, l'œuvre d'Alfred Hitchcock. La trame n'avait-elle pas été négligée au profit de l'histoire d'amour entre Grace Kelly et Cary Grant ? Les enfants n'en avaient cure. Hollywood avait offert sa démesure à l'étroit dans le téléviseur. Et, une fois n'est pas coutume, les deux familles avaient regardé ensemble le long-métrage dominical.

TF1 savait séduire petits et grands à l'aide d'une aguichante mise en bouche. Loeki, le lion en marionnette et son attachant « acheumeuneu » donnait le ton. Puis Carole Varenne, la speakerine, raie au milieu et cheveux plaqués noirs impeccables, s'attardait à détailler le contenu des programmes sur fond de décor psychédélique, héritage des années 70. Enfin, le générique états-unien du *Cinéma du dimanche soir* accompagné de la musique de Vladimir Cosma calait définitivement les spectateurs au fond des canapés en velours marron.

Qu'il faisait bon vivre rue Pasteur chez Mamie et Papom ! Elle, belle et rebelle. Lui, râleur et blagueur. Le talentueux jardinier hérita de ce sobriquet, car il refusait que les petiots touchent aux fruits du verger. « Pas de pomme » évolua au fil des saisons en Papom.

Les week-ends se prêtaient aux retrouvailles. Une fois par mois, Nolwenn, Marine, Emmanuelle et moi étions installés devant le récepteur. Si l'émission ne les intéressait pas, les grands jouaient… pardon, trichaient à la belotte. « Un valet tournant, ça se prend ». « Tu me fends le cœur ». « Atout, ratatout et dix de der ». Autant de formules, tantôt lancées avec l'accent de Marseille, pour anesthésier le flagrant délit de fraude.

Leur brouhaha couvrait les dialogues inaudibles de notre divertissement. Bien sûr, la compréhension en était brouillée, mais qui à cette période aurait osé aller contre l'autorité et déconcentrer les adversaires ?

Le comptage des points se consignait sur des morceaux de papier recyclé, anciens imprimés électoraux de mademoiselle Dienesch. Au verso, l'on y lisait sur d'interminables colonnes, le fameux, « Nous-Eux » qui différenciait les équipes. La veillée se prolongeait volontiers, bien après le générique, autour d'une cerise à l'eau-de-vie ou d'une tisane Ricola. J'écoutais, bouche bée et luttant contre le sommeil, les récits de la guerre : la lâcheté avérée de certains, les arrestations des autres. Mais également l'entraide et les manifestations de bravoure.

Sous l'occupation, les parents de Pater avaient activement résisté. Je me targuais d'appartenir à la lignée Loiseau. Ma grand-mère répétait à l'envi, souvent interrompue par un fou rire général, que Maurice avait collaboré en 1944. Il avait eu l'impudence de manger du chocolat fourni par l'envahisseur. Et de conclure qu'il fallait les comprendre : ces soldats étaient eux aussi des pères de famille.

Des anecdotes résonnent encore sous ma caboche. Celle de l'exécution par les Allemands, au lieu-dit La Porcherie, à l'orée de la forêt de Loudéac, de sept hommes à peine majeurs ; des gamins qui avaient rejoint Georges Coupeaux et Max Rouault, alias

Maurice Farine, dans leur idéal de libération de la France. Des chroniques de 39-45 dont la tablée terminait le récit, la voix tremblante. Elle balayait les trémolos d'un revers de main, parce que trente-sept printemps s'étaient écoulés et qu'il convenait de tourner la page.

Berluseau et Marie-Moitié ramenaient les marmottes épuisées. Bien que chat assoupi, je rejouais les scènes évoquées plus tôt. Un drame en trois actes où j'incarnais le premier rôle. Touché par les balles ennemies, le héros frôlait la mort. Il rampait jusqu'à une mare proche dans laquelle il s'immergeait. Le débrouillard respirait grâce à un astucieux système de paille sortant de l'eau le temps que la patrouille allemande passe son chemin. Le fils prodige rentrait sain et sauf auprès des siens qui l'accueillaient à bras ouvert. The end. Yes, une production américaine. J'appris à mes dépens, durant un camp scout, que cette technique de survie très prisée en films d'aventures fleurait bon l'escroquerie.

Outre les samedis ou dimanches, Melaine me déposait chez mes grands-parents les mardis après la classe. Selon un rituel immuable, le goûter se composait d'une crêpe au beurre et à la confiture de myrtilles maison ; ainsi que d'un thé à la bergamote, l'unique breuvage qui me rend jusqu'à aujourd'hui « les vicissitudes de la vie indifférentes ». Je m'acquittais ensuite des devoirs scolaires, pendant que Mamie pétrissait la pâte à pizza, qu'elle s'obstinait à prononcer « pisa ». Le cordon-bleu la servait le lendemain midi, garnie de sauce tomate, d'olives noires et d'anchois. Elle l'accompagnait d'une salade folle agrémentée de sa vinaigrette au zinzin, l'arôme Maggi depuis 1889.

J'étais chargé de mettre le couvert au septième coup, very british, de l'horloge comtoise. Le couple, quant à lui, résolvait les énigmes du jeu *Des Chiffres et des Lettres* présenté par Patrice Laffont.

Papom tirait au sort, d'une boîte ronde en marbre, de minuscules dés en bois, sur lesquels étaient inscrits des numéros qu'il parierait le mercredi à la Loterie nationale.

À la grand-messe du vingt heures, le trio soupait bercé par l'évangile selon Patrick Poivre d'Arvor. Il annonçait à l'hexagone la naissance du premier bébé éprouvette, la retraite à soixante ans et la victoire d'Alain Prost en Afrique du Sud en Formule 1. Seules les remontrances du patriarche qui trouvait le dîner trop salé – il rajoutait du sel avant la première bouchée – brisaient la routine.

C'était toujours la même chanson, douce et câline. Là, pas de coupure d'électricité, pas de crise d'Emmanuelle, juste le silence. Occasionnellement, ma cousine Pascale, venait troubler en l'exaltant cette bienveillante monotonie. Un soir, en un nombre limité d'arguments, elle réussit à convaincre Mamie de nous laisser regarder *Psychose* à la télévision. Le trublion annonça toutefois la couleur :

– Hitchcock a réalisé le tournage. Il file un peu la pétoche. Tangi a huit ans, ça va passer comme une lettre à la poste.

– J'ai vu *La Main au collet*, lançai-je à la volée.

– C'est pareil. Sauf que l'action se déroule en Californie et pas en France.

La cinéphile exhalait l'aplomb de la jeunesse. Promis, majeur, je lui ressemblerais. Cent neuf minutes s'éternisèrent et je réfrénai mes ardeurs : le noir et blanc, Marion, Norman, les escaliers, la mouche et la douche me liquéfièrent. Pendant une semaine, je ne fermai plus l'œil de la nuit, boycottai la salle de bain et vérifiai à l'aube si Mother respirait toujours. Par bonheur, le Clos Pirou était dépourvu de cave. Pourquoi ces dames blondes acceptaient-elles de tourner sous la direction d'un type à l'esprit à ce point tordu ?

Ces expériences cinématographiques, aussi rares fussent-elles, boostaient mon imagination fertile. Elles procuraient de nouvelles possibilités de s'inventer des odyssées insensées, de concevoir des avenirs glorieux, de créer des liens de parenté inédits.

D'ailleurs, depuis le silence radio de *L'École des fans*, qui prouva, dès lors, l'absence de filiation avec Chantal Goya, la vérité s'imposa. Grace Kelly était ma mère. Face au miroir, comparant nos visages à l'aide d'une de ses photos publiées sur un *Point de vue, Images du monde*, je ne discutai plus l'évidence. Les iris bleus, la chevelure dorée, le talent d'acteur, tout nous rapprochait.

Tant que mes divagations restaient d'ordre privé, elles ne nuisaient ni à moi ni à mon entourage. Cependant, non content de m'inventer des fables, j'éprouvais le besoin irrépressible de les partager et rencontrais des oreilles attentives en veux-tu en voilà.

Victime de mon succès, l'auditoire exigeait des intrigues quotidiennes. Je commençai à mentir comme un arracheur de dents pour alimenter le feuilleton. À la maison, le baratineur débitait des bobards abracadabrantesques où un virus gravissime décimait des portées entières de chiots chez les camarades. Il détaillait l'autopsie du vétérinaire à la façon d'un Stephen King sous LSD. Aux récréations, en présence d'un parterre halluciné, l'orateur discourait sans filtre sur son parentage avec la princesse de Monaco ; qui viendrait le chercher en limousine afin de rallier les siens sur le rocher.

Les ménagères parlaient beaucoup aux caisses des supermarchés du centre-ville en 1982 au point d'en oublier le dîner. Les fabulations des boute-en-train finissaient toujours par se savoir. Je compris que l'orage ne tarderait pas en apercevant Marie-Madeleine sur le perron au retour de Saint-Caradec. Les cieux et ses yeux s'assombrirent en cette fin d'après-midi, et je découvris en quoi consistait son regard empreint de déception.

L'épisode des chiens décimés passait encore. Par contre, insinuer que je puisse ne pas être son fils… La coupe était pleine.

De façon à apaiser les esprits, aux vacances de février, je filerais au domicile des grands-parents maternels à Damgan. Ceux dont les centaines de bouteilles nous avaient enrichis, l'espace d'un marché. L'air marin me remettrait les idées en place et du rouge sur les pommettes. En effet, à force de ne consommer que des légumes d'hiver, ma peau hésitait entre cinquante nuances de navet.

Du reste, en temps normal, avec ma maigreur et ma façon de dormir les bras croisés sur le torse, je présentais toutes les caractéristiques du gisant et faisais peur à voir.

Je ne débordais pas d'affection à l'égard des parents de maman ni des Villefranche en général. Je n'ignorais pas que des bisbilles existaient, et par facilité, j'avais jeté toute la dynastie dans le même panier. Les aïeux, les oncles et tantes étaient sûrement de mèche. Par conséquent, je reçus la nouvelle de m'envoyer en pension sur la côte Morbihannaise comme une punition. Lui m'impressionnait et elle avait, semble-t-il, des difficultés à manifester ses émotions, du moins à mon endroit.

Pourtant, Grand-Père avait essayé de nouer des liens entre les petits-enfants, en fondant le gang des casquettes. Les cousins et mézigue jouissions d'une pièce remplie de bandes dessinées de *Tintin et Milou*, d'*Astérix*, de *Gaston Lagaffe*. Pour y pénétrer, les sociétaires avaient l'obligation de se coiffer du couvre-chef de marin qu'il avait offert à chacun d'eux.

Malgré les marques d'attention, la mayonnaise n'avait jamais pris. Cette villa demeurait, en ce qui me concerne, des plus austères, et les disques à disposition, *Carmina Burana* et les chants de moines, n'arrangeaient rien à l'affaire.

En dépit de mes crises de larmes habilement distillées en vue d'éviter l'escapade, je n'obtins pas gain de cause. On allait *désencraouder*[7] le Pinocchio à grandes bouffées d'iode. La Chrysler déposa valise et bonhomme au pied du portail en bois blanc boulevard de l'Océan. Et une semaine de purgatoire, une ! Loudéac en hiver poussait ses habitants à prendre le large. Damgan, à la même saison, chantait les déboires du *Radeau de la Méduse*. Le logis qui revêtait ses plus beaux atours en été, puisque orienté face à la plage, rappelait un sanatorium le reste de l'année.

Le vent qui s'engouffrait dans le conduit de cheminée me donnait l'impression d'être entouré par des puissances fantomatiques et me glaçait le sang. Les Villefranche eux-mêmes avaient décrété que ces bruits étaient dus à la présence de Pigriou, le spectre membre

[7] Exorciser en patois

à part entière de leur clan. « Me voilà rassuré » ! Aux toilettes, le masque de théâtre noir qui souriait et grimaçait l'instant d'après me constipait. La nuit, le large escalier carrelé, telle une caisse de résonnance faisait vibrer le moindre craquement et m'empêchait de dormir. De toute évidence, le mobilier se liguait contre moi.

Au cours de ces lentes journées, je m'isolais au rayon bédés du rez-de-chaussée. Mais les blagues de Bill me rendirent vite maboul. Le calme à l'étage du dessus ne présageait pas non plus la folle poilade. Les parties de Scrabble, le thé sans bergamote, la pendule « qui ronronne au salon, qui dit oui qui dit non » : le séjour s'annonçait ennuyeux.

Puis par un matin frisquet, depuis la chambre attenante à la cuisine, je perçus une conversation animée autour du petit déjeuner. Las de mon isolement, le retraité déclara à sa femme :

– Nous allons le remettre à neuf ce minot. Est-ce que tu l'as vu ? Il est blanc comme une endive.

– André ! Protesta ma grand-mère, le petit est peut-être réveillé !

Il quitta la table, s'aventura au garage et fouilla au fond de plusieurs coffres. J'envisageai le pire. Le temps que le patron remonte les marches, j'énumérai les sanctions possibles qui me pendaient au bout du nez. Le fouet ?

La vierge de Nuremberg ? La fourche de l'hérétique ? Il ouvrit la porte et ordonna en abandonnant un barda sur la chaise :

– Essaie les bottes et la vareuse. C'est la grande marée, nous partons à la pêche. Ça t'ôtera l'envie de raconter des couillonnades.
– André !

Je trouvais amusant qu'il utilise des gros mots. Ce langage fleuri anéantissait d'un coup l'aura de patriarche insondable qui lui collait à la peau. En revanche, l'accoutrement me plaisait moins. Les coloris ne m'allaient pas et le flottant attirail dégageait une forte odeur d'huile essentielle de goémon mort.
Quand il ajouta en prime que je crapahuterais sur la vase et y laisserais sans doute une de mes bottes, le mal de mer me frappa sur le plancher des vaches. J'évitai néanmoins de créer des remous et enfilai le ciré jaune pétard.

Le navigateur avait tiré jusqu'à la plage, sur une vieille remorque grignotée par la rouille, une barque verte de la gamme Tabur. En nageant dans les « Aigle » en caoutchouc, je le rejoignis depuis la maison qui nargue la colère de Neptune à chaque tempête. Il m'expliqua que le bateau permettrait de gagner le rocher David accessible uniquement lors des grands coefficients.

La destination guère visible, nous devions pour y parvenir, aligner le château d'eau et le clocher au nord-est, et à l'ouest la tour des Anglais détachée de la terre de deux doigts. « Ne le dis à personne ! Ce secret se transmet de génération en génération ». Je promis et crachai. À vrai dire, l'information avait déjà pris la poudre d'escampette.

L'équipage monta à bord, et munie d'une godille, le capitaine manœuvra l'embarcation avec dextérité, direction l'île mystérieuse et ses trésors. L'océan le transfigura sur-le-champ. Un autre homme se dressait sur le frêle morceau de plastique. Cette mer qui l'avait vu grandir, qui lui avait tant donné et qui lui avait volé des amis, était son domaine. En parfaite osmose avec l'environnement, il éprouvait ce qu'aujourd'hui je ne ressens que sur une scène : « Je suis chez moi ».

Aussitôt accosté le caillou, nous devînmes Robinson et Vendredi. L'apprentissage pouvait débuter au cœur de la vie sauvage. L'expert ès cargos et bigorneaux repérait et me montrait les huîtres aptes à être pêchées ; et celles, trop jeunes, qu'on laisserait à leur biotope afin d'assurer la pérennité de l'espèce. Des spécimens, que j'imaginais alors centenaires, atteignaient la taille d'un pied d'adulte.

Le loup de mer décolla un premier coquillage. « Tu veux le manger » ? demanda-t-il sans relever la tête. Même si l'idée d'ingérer le bivalve à la fraîche ne m'enchantait pas, j'acceptai. Ne pas briser ce moment de grâce ! Il y avait derrière cette requête le dessein de transmettre la tradition. L'amateur de bonne chère en décrocha une seconde, ouvrit les deux de son couteau pliable et nous les gobâmes.

Était-ce le cadre sensationnel, la conviction du pêcheur, ou bien la qualité du produit ? J'adorai ! Une lueur apparut au fond de ses yeux malicieux. Le pâlichon, issu de la Bretagne intérieure, avait chopé le virus et honorerait ses racines morbihannaises. À la différence des touristes, « ce mal nécessaire » ainsi qu'il s'amusait à les qualifier. Les indésirables affluaient aux marées basses et pillaient le littoral de tout ce qui paraissait consommable, au mépris des règles élémentaires de stabilité des écosystèmes.

« En fait, il est chouette Grand-Père ».

Par acquit de conscience, le voyant s'activer comme un forçat au ramassage de ses douzaines, je saisis l'épuisette – « Non, un haveneau » ! gronda-t-il ! Je saisis donc le haveneau, pour pêcher la crevette que les autochtones prétendaient géante près de Kervoyal. Qu'importe le nom du filet, je me révélai incapable d'attraper quoi que ce soit. L'instructeur soupira : « Autant vider l'océan à la petite cuillère » ! D'autres stages s'avéreraient indispensables pour parfaire ma formation. Sur ces entrefaites, alors que la pétole régnait jusque là, le vent se leva, envoyant le signal du retour.

Au déjeuner, Mamie Villefranche s'étonna de mon appétit. Je me découvris une passion pour les drôles de mollusques, j'en avalai une vingtaine. Le masque noir des toilettes souriant ou grimaçant n'affecta plus mon transit les jours qui suivirent. Ma mère téléphonait et venait aux nouvelles. L'hôte, taquin, avouait que son invité avait déménagé de façon permanente au cabinet :

– Il a la tripe en folie, c'était à prévoir.
– André !

À force de répéter son prénom qui de loin en loin semblait familier, je réalisai que c'était le mien. Je m'appelle sur les registres officiels : Tangi. Henri, le grand-père paternel. Hervé, le parrain. André, ce monsieur que je n'avais connu que chauve et à qui je ressemble tellement désormais. André, le seul *middle name* sur mon passeport US.

Les huîtres n'auront pas mis un terme aux rêves éveillés ni aux mensonges pathologiques. J'apprendrai après coup à les canaliser par le biais de la comédie. Monter sur les planches, n'est-ce pas tromper un public ? Elles auront tout de même permis à deux étrangers qui se regardaient en chiens de faïence de se découvrir sous leurs véritables traits et de s'apprécier.

Au crépuscule de sa vie, vaguement conscient, parcouru de tuyaux, l'hôpital l'admit en soins intensifs. Je proposai à papa de le veiller une nuit à tour de rôle.

Ma garde démarra vers quatre heures du matin. Sa difficile respiration, les rythmes répétitifs et glaçants des machines eurent raison de mon courage. Une larme coula sur sa main percée d'une épaisse aiguille. Il serra de suite la mienne.

L'eau salée possède des vertus prodigieuses. Elle aura magnifié jusqu'aux derniers instants les liens entre générations.

« Et puis c'est très loin, c'est à Loudéac, et il faut y aller à Loudéac, vous savez ! »

Ça alors ! Dans *Faites sauter la banque*, Louis de Funès se moque de notre petite cité de caractère. L'orgueil des habitants s'en trouva mouché à la sortie du film. Mais que n'aurions-nous pas pardonné à ce génie de l'humour ?

Par ailleurs, il ne se trompait pas. Le bourg se situait loin de tout. Il aurait pu disparaître, englouti « jusqu'au creux de la terre », personne ne s'en serait aperçu. Même s'il y faisait bon vivre, je jugeai frustrant d'habiter sur les hauteurs d'une sous-préfecture sans relief.

D'accord, des personnalités y ont vu le jour : chef étoilé, joueur de basket à la NBA, auteur à succès à Palm Beach – hem, hem – et femme politique. Le Finistérien la croyait Morlaisienne ? Eh bien, non. La ministre Marylise Lebranchu, copine de baignade de Pater, est née à Loudia.

Bien sûr, des entreprises locales ont également exporté et le nom de la commune a rayonné aux quatre coins du monde. En témoigne ce quatre-quarts découvert en 1991 sur un étal de Meknès au Maroc. Ah ! Les produits Ker-Cadélac, délices de l'enfance lestés de vingt-cinq pour cent de matière grasse et cauchemar de la Bigoudène soucieuse de sa taille fine. Le taux de cholestérol grimpe au rideau à chaque bouchée. Pourtant qui résisterait au gâteau à la crème de framboise, qui ?

Toutefois, en 1982, à moins d'une attaque extraterrestre déjouée par Cruchot et Gerber, la localité risquait à mon sens de ne laisser aucune empreinte indélébile.

Il existait quand même une manifestation culturelle dont le patelin s'enorgueillissait et qui lui concède aujourd'hui encore un tantinet de renom à l'international : *La Passion*.

L'œuvre théâtrale, créée en 1914 par l'abbé Robin, vicaire de la paroisse, raconte quatre dimanches de suite la fin de vie du Christ de l'entrée à Jérusalem jusqu'à la résurrection. Depuis cent huit ans, une solide grappe de bénévoles, plus les mêmes fatalement, interprètent l'ultime sacrifice de l'Intéressé par conviction ou par plaisir.

À l'approche de Pâques, séniors, parents et enfants mettaient la main à la pâte au foyer Municipal. Jusqu'à

Lucien, le bedeau du presbytère, qui se faisait bringuebaler trente secondes sous les traits de Barabbas.

Les Loiseau y participaient, bien entendu. Melaine s'occupait de l'habillage et du grimage. Elle barbouillait les amateurs de rouge à lèvres vermillon et ajustait les perruques Amanda Lear sur les crânes. Nolwenn jouait les femmes éplorées au passage du roi des juifs ensanglanté. Marine enfilait l'aube en satin des angelots au moment de la résurrection. Et le dernier criait parmi la foule : « Vive Jésus de Nazareth ! » à la première scène et « À mort le Galiléen ! » en présence de Pilate qui commettait une des grosses bourdes de l'Histoire. De l'art de manipuler le populo.

Berluseau incarnait le Messie à l'époque, rien que ça. Chaque printemps, aux représentations, il traînait sa misère au Sanhédrin, mourait crucifié à moitié nu et revenait à la vie par miracle. Comment vouliez-vous que je ne me mélange pas les pinceaux à maquillage quant à ma généalogie ? Je finis par me présenter aux inconnus comme le fils du fils de Dieu, et donc, suivant ma logique, de Chantal Goya ou de Grace Kelly, au choix.

Tel un comédien respectant à la lettre la méthode Stanislavski, Maurice rentrait dans la peau, la barbe et les cheveux du personnage. Il cessait les rendez-vous chez le coiffeur en janvier de façon à se donner des allures de prophète de l'an 33 et potassait son araméen.

Une photo de lui flemmarda longtemps parmi ses consœurs à l'intérieur de l'armoire du séjour. Papa y épatait la galerie, pendu par les pieds sur le portique de la balançoire. Maman avait immortalisé l'instant à l'aide de son Leica, le cadeau de mariage increvable, qui fonctionnerait, là, si on arrivait à mettre le grappin dessus. Son ciboulot à l'envers, les minots prenaient conscience de combien sa tignasse avait poussé. Cette excentricité capillaire, attribut du soixante-huitard ou du bûcheron canadien, n'était pas pour déplaire à sa petite femme.

Le succès durable et la tradition quasi centenaire attiraient de temps à autre la télévision locale qui venait couvrir l'événement. À l'instar de l'année précédente, en mars 1981. Les organisateurs avaient accepté, ravis de la réclame gratuite.

Les coulisses et les répétitions filmées, l'équipe de FR3 Bretagne décida d'interroger le descendant direct de l'Architecte de l'Univers. Je me prêtai volontiers à la périlleuse gymnastique. Quelqu'un devait se sacrifier pour la bonne cause. L'exercice me permettrait en outre d'apprivoiser la caméra et de gérer le stress à l'égard des questions incisives des journalistes. On me demanda d'ailleurs :

– Tu aimerais jouer le Christ quand tu seras grand ?

Mmh, la colle ! Comment y répondre afin de ne pas endosser le costume du crâneur avec un condescendant : « Évidemment ! Ce rôle se transmet de père en fils. Je pense qu'il me revient de droit ». Mouvement d'écharpe à la Aristide Bruant, sortie côté jardin, rideau.

Non, impossible. La famille se serait fait accuser de népotisme, et les Côtes-du-Nord auraient sombré illico dans le chaos. L'euphorie provoquée par le micro placé devant ma bouche me troubla. Je répliquai du tac au tac et retrouvai mes camarades de planches une fois l'entrevue bouclée. Ils insistèrent :

– Raconte-nous ce que tu as dit !

– Branchez vos postes chez vous. Ça va dépoter, les gars !

Sur le chemin du retour, je suppliai les parents à genoux. « S'il vous plaît, allons rue Pasteur chez Mamie et Papom » ! Sous-entendu, « pour assister à mon triomphe médiatique ». J'obtins gain de cause.

« Le journal commence », m'écriai-je. L'extrait s'ouvrit sur ma bouille accompagnée du bandeau « Tangi Loiseau, fils de Jésus ». Les types responsables de l'habillage auraient pu se fendre d'un « Fils de Dieu », ça aurait eu plus de gueule. Ils n'auraient pas commis de blasphème puisque l'impair, le Fils et le Saint-Esprit, c'est kif-kif bourricot. Ce détail importait peu. Je passai aux informations régionales en exclusivité mondiale. Un producteur me repérerait, Paris s'offrirait à…

– Tangi ! interrompit Mother.

Premier coup de semonce. Elle décelait vite mes pupilles qui vagabondaient vers des pays imaginaires et y coupait court. Les pieds de nouveau sur terre, je me concentrai. Si ça se trouve, le reportage ne parlerait que de moi. L'entretien qui avait duré une éternité fournissait au présentateur matière à analyse. Grâce à une pareille exposition, mon regard bleu azur éblouirait un agent hollywoodien, je monterais dans le Concorde, direction…

– Stop ! Tu vas te faire tirer les oreilles.

« Elle a des yeux derrière la tête ou quoi » ? Sur le bel écran, dernière acquisition des grands-parents, équipée des touches 1, 2, 3 et 4 – fini le zigouigoui circulaire pour changer la chaîne, waouh le progrès ! –, je répondis à la question :

– Non, y'a trop de texte à apprendre, hein hein hein !

Il n'y a pas loin du Capitole à la roche Tarpéïenne. Silence consterné parmi les membres de la famille avec mon ricanement débile en fond sonore. Sur le parking, la punchline m'avait paru subtile et je m'étais persuadé qu'elle créerait l'hilarité à travers la France entière. « Attention danger, la téloche transforme nos paroles en propos niaiseux ».

Qu'à cela ne tienne, je remédierais à cette anamorphose. Ma carrière en dépendait. Et l'occasion se présenta puisqu'en 1982, c'est au tour d'Antenne 2 de débarquer au 34 rue de Moncontour. Il ne s'agissait plus d'une pastille de trois minutes de nouvelles du coin. Le projet s'annonçait ambitieux : une vraie enquête sur l'évolution de la vénérable institution.

L'idée paraissait simplissime sur le papier. C'était sans compter le choc des cultures. Peu habitués à tant d'égards, l'ensemble des acteurs, machinistes et habilleuses n'hésitèrent pas à venir sur le tournage en plein milieu de semaine. Combien de fois la télé nationale s'était-elle déplacée de la capitale, hein ? *Les Jeux de 20 heures* s'y aventurèrent en 1985, cependant ce soir-là l'attention était portée sur Loudéac et sa création originale.

Les membres de l'association affichèrent leur dévouement et leur sérieux dès les premières minutes d'enregistrement. Néanmoins, des dissensions éclatèrent entre une troupe de candides provinciaux habitués à interpréter leur spectacle peinard, et de snobinards parisiens convaincus de leur supériorité à l'égard de ces gueux qui suintaient le terroir. Les caméras, le son et les lumières installés, la première réclamation tomba. Elle concernait l'absence d'auditoire.

– Écoutez, cher monsieur, commenta le directeur, nous avons déjà éprouvé des difficultés à rassembler les volontaires un mercredi soir. Alors le public, il est passé à la trappe. Sans mots d'esprit.

– Dans ce cas, invitez à entrer les personnes qui flânent par ici, suggéra le réalisateur.

– Je veux bien, tenta-t-il conciliant. En revanche, à cette heure-ci, nous ne trouverons guère que les clients du bar d'à côté, le Sympathique.

– Qu'à cela ne tienne, envoyez quelqu'un les chercher.

Ainsi, faute de mieux, l'on remplit les premiers rangs de l'ensemble des pochtrons, poivrots et pochards qui traînaient encore au bistro passé vingt heures. Nous pensions être au bout de nos peines, erreur ! Nous attaquions à peine le début du chemin de croix.

Rien ne les satisfaisait. Le tonnerre qui sonnait comme de la tôle ondulée – à leur décharge, ils ne se trompaient pas. Le cri du coq qui brisait les tympans au reniement de Pierre et musclait de facto les zygomatiques. La mise en scène, pas assez télévisuelle. Les costumes « Chez Tati, t'as tout ». Le maquillage de shampouineuse. Et enfin la cerise sur le kouign-amann, l'accent Gallo en plein récit historique :

– J’en é rencontrrré troué. Délédjé pa’ les aôt…, déclamait un grand prêtre.

– Coupez ! interrompit le cinéaste. On va la refaire. Vous pouvez gommer les intonations, comment dire, du cru ?

– Tchel intonation ? D’quoi qui porle l’aôt-là ?

– S’il vous plaît, un petit effort ! On reprend au même endroit. Silence, on tourne !

– J’en é rencontrrré troué. Délédjé par’ les aôt…

– Coupez !

Le ballet incessant de « Action ! Coupez ! » et les plans filmés dans le désordre finirent par taper sur le système du village gaulois, qui avait jusque-là résisté à l’envahisseur.

Fatigués d’assouvir le moindre de leurs caprices et pour détendre l’atmosphère, les irréductibles ouvrirent un nombre incalculable de bouteilles de potion magique en coulisse. Pschitt orange et citron que les plus jeunes buvaient d’habitude en loucedé, bière et vinasse à l’attention des autres.

« Ah, je sais qu’on boit du gros rouge qui tache, mais là, c’est le Bon Dieu en culotte de velours qui descend vers l’estomac ». Les artistes avaient beau Le mentionner à chaque gorgée, la foi et la motivation diminuaient comme peau de chagrin ; et de manière inversement proportionnelle à l’alcoolémie.

Tant et si bien que le tournage vira au carnage. Des trous aussi béants que la vallée du Jourdain s’invitèrent dans la dynamique de l'œuvre. Les pets retentissants des anciens au Golgotha déclenchaient des poilades incontrôlables qui trouvaient un écho parmi le faux public fort aviné. Le soldat chargé de désaltérer le Christ sur la croix, à l'aide d'une éponge plantée au bout d'une lance, manqua sa cible et déracina la perruque de l'acteur. Celui-ci décloua sa main gauche et réajusta la chevelure blonde. Il en perdit son pagne et exposa un large slip Éminence aux objectifs d'Antenne 2. « Et ce bébé qui braille, foutez-le-moi dehors » !

Finalement, l'arrivée des pompiers à la suite de la pendaison de Judas, évitée de justesse, fit déborder le Graal. Les techniciens et leur patron fumasse quittèrent le foyer Municipal vers deux heures du matin avec perte et fracas. La troupe poussa un soupir de soulagement.

Qu'importe, mon ami Nicolas et moi avions veillé tard entre les murs de notre immense parc d'attractions. Nous maîtrisions l'espace du trou du souffleur jusqu'aux cintres et disposions de combines pour accéder à tous les rabicoins. Que le responsable de la buvette embrasse une connaissance et les deux loustics raflaient les sandwichs au pâté de foie dont ils se gavaient à l'abri des curieux. Ils instauraient des rituels puérils qui les bidonnaient à s'en décrocher la mâchoire, mais il fallait étouffer ces effusions de joie derrière les pendillons qui les cachaient, ou pas, des spectateurs.

À force d'assister aux répétitions et représentations, nous connaissions le texte au mot près. Certains amateurs déployaient de si mauvaises habitudes de jeu que nous les imitions devant les machinistes qui se marraient comme des bossus. « Maiiis dites donc vouuus, plus je vous regarde, je vous ai vu dans le jardin, vous êtes un disciple du Galiléen ». Dotée du charisme d'un rouleau de gaffer, la demoiselle récitait sa ligne lentement afin de prolonger ses quinze secondes de gloire.

Ce conseil lui venait de sa mère d'après les bruits de plateau. Il convenait de lui dégoter un époux et cette tirade du brasero offrait une tribune phénoménale. L'entremetteuse possédait la maison de la presse en face de l'église. Le dimanche à l'appel des fidèles, elle traversait la place et s'installait au premier rang. Voir et être vu ! Il n'y a qu'à l'occasion de la quête qu'elle se tassait ostensiblement sur le banc à la façon d'un Louis de Funès dans *L'Avare*. Le souvenir m'en demeure très net, car en tant qu'enfant de chœur je m'occupais de bonne grâce de cette mission.

Des années plus tard, à l'époque où les hormones me titillaient l'extrémité, je trouvai le courage d'aller acheter une revue coquine. Je la camouflai entre *Le Figaro* et *Point de vue, Images du monde*, le grand écart didactique de Marie-Moitié. La commerçante la vit, me toisa emplie de dégoût, me la vendit et replongea dans le nouveau Harlequin. Le démon de midi la démangeait sûrement, elle aussi.

Je me précipitai au Clos Pirou, persuadé que mes fantasmes se lisaient sur mon visage ou pire, qu'elle avait prévenu toute la ville. La ville ? Non ! La principale intéressée, oui ! Marie-Madeleine m'accueillit sur le perron. Réalisant soudain que son Tangi était devenu adolescent, elle me conjura de desserrer la ceinture de mon pantalon pour dissimuler la drôle d'affaire. Je rejoignis mes appartements, rouge de honte, et surtout privé de l'objet du délit.

L'équipe de la deuxième chaîne partie, l'agglomération retrouva son atmosphère bonhomme. Le lendemain, aux zincs des cafés et caisses des supérettes, l'humeur hésitait entre apaisement et regret. Nom de Diou d'bon Diou ! Les Parigots n'avaient pas filmé le final. Pourtant, de mémoire de Loudéacien, le clou du spectacle.

À l'origine, elle avait été imaginée en tableau vivant, rehaussé de l'hymne « Victoire tu régneras, ô croix tu nous sauveras » d'André Losay. Les grandes orgues de l'introduction me donnaient la chair de poule. L'assistance ne restait pas non plus de marbre. Témoins de l'agonie de Jésus depuis son arrestation, la musique libérait les tensions et personne ne pouvait retenir ses larmes.

À l'ouverture du rideau, les spectateurs le découvraient sur un piédestal ; les deux doigts levés vers le ciel, scout toujours, auréolé de lumière, avec de nouveau des vêtements décents. En fait, dès qu'on est emporté par l'Ankou, on renaît sapé comme le roi des rois.

Près de lui, Marie-quelque-chose – elles sont si nombreuses que j'en perds mon latin – se tenait droite, couronnée d'un bandeau en papier aluminium. Elle et moi utilisions de toute évidence le même fournisseur. À droite et à gauche, deux rangées de chérubins, les menottes en prière, assis les uns au-dessus des autres sur des escabeaux décorés de nuages, au cas où on n'aurait pas compris où ils nichaient.

Ces rôles étaient réservés aux petites filles. De là à conclure que l'univers avait effectivement doté les séraphins d'un sexe, il n'y avait qu'un pas.

Ceux installés au sommet avaient le privilège d'arborer des ailes. Je les enviais en cachette. Aux reconstitutions de la scène en compagnie de Marine sur les marches du calvaire, le duo dynamique se disputait la place en haut de la mêlée. La benjamine, plus agile, gagnait en permanence. Autant d'injustice me portait sur les nerfs. Je décidai de contre-attaquer en m'inspirant du dindon qui avait régné jadis en maître absolu sur le royaume de la rue Chaptal avant l'invasion des *hens*[8].

Le volatile d'un caractère peu commode se découvrit une obsession pour les culottes éponges de Rinma, en vogue au cours de la décennie du disco. Quand ma sœur se promenait au jardin, vêtue de cette tenue, Rosalie – mais qu'est-c'que t'as doudou, dindon – lui

---

[8] Poules en anglais

pinçait le derrière. Il la tirait vers lui pendant qu'elle tentait vainement de s'échapper à la manière de la Coppertone girl. Ce qui produisait des situations assez tendues.

Puisque l'oiseau arrivait à la terrifier, pourquoi ne pas essayer sa méthode ? Un jour donc, lors de notre ascension du marchepied, je lui mordis le postérieur pour lui donner une leçon. La marque de mes dents sur sa fesse gauche s'avéra une preuve irréfutable auprès des parents. Ces derniers me déclarèrent coupable et le délinquant enquilla les vaisselles tout seul.

Longtemps jouée au même endroit, *La Passion* déménagea au palais des congrès en 1989. La nouvelle salle proposait des équipements modernes qui permirent au drame de style théâtre populaire d'aborder le vingt et unième siècle.

Je garde de l'ancien lieu une impression de tendresse particulière. Le lambrequin usé, l'étroitesse des loges, les parquets et les murs d'un autre âge, tout fleurait bon la préhistoire. Il n'est pas rare aujourd'hui que mon esprit s'égare la nuit au cœur de ses coulisses poussiéreuses, d'ordinaire la veille d'un show inédit.

« Je fais souvent ce rêve étrange et pénétrant », le songe des traqueurs. Je me présente nu au public, texte non su. Je dois balancer la réplique à des partenaires inconnus. Et l'action se déroule systématiquement au milieu de ce proscenium qui a sans doute suscité en moi l'amour des tréteaux, des estrades et des calicots.

Nous ne vîmes pas la moindre image du reportage. Certes, Antenne 2 raya notre municipalité de la carte. Mais comme fréquemment en pareil cas, l'épisode, aussi calamiteux fût-il, resta gravé dans la mémoire collective au registre des histoires amusantes à déballer à l'apéritif. Si par hasard l'INA possède des épreuves de tournage, je suis preneur.

Quand j'dis j'va y'aller, j'a d'jà la patte en avant !

Papa plaisantait, mais sous la gaieté de façade se cachait une vive appréhension. Il s'éloignait de sa tribu et allait construire son avenir ailleurs. La Chrysler venait de le déposer au rond-point du Pont-es-Bigot, base de départ de tous les autostoppeurs vers Paris. Alors que certains se séparent sur les quais de gares au milieu des amoureux, les champions du système D se prêtaient à l'exercice au vu et au su des vaches de rase campagne.

La voiture redémarra après de sobres au revoir et laissa le voyageur, tributaire du bon vouloir des automobilistes. Comme piégés sur le sens giratoire cher à Raymond Devos, nous tournâmes à plusieurs reprises autour du terre-plein et nous assurâmes qu'il n'avait été fauché par aucun chauffard. Une volée de coucous depuis la vitre arrière lui redonnait le sourire à chaque passage. Enfin, Marie-Madeleine quitta le manège et se gara au bord de la rue du Mène d'où elle pouvait apercevoir le reflet de son mari dans le rétroviseur. Aussitôt pris par un véhicule qu'elle considéra convenable, l'équipée souffla et rentra se mettre au chaud.

Les angoisses de la délaissée ne se dissipèrent qu'à l'appel téléphonique réconfortant de son époux qui commençait toujours par un « Bien arrivé, pas mort » !

À l'exception d'Emmanuelle, les enfants utiliseront les mêmes ficelles durant les années ado, fac et au-delà. Rien de mieux qu'un pouce en l'air les week-ends pour regagner ma cité estudiantine, rejoindre les filles de Lamballe à l'occasion d'une boum ou partir en Italie au cœur de l'été, sans chemise, San Pellegrino, sur un coup de tête.

Vu l'absence évidente de préparation de ce voyage-ci, le tour de Gaule de Tangix vira au n'importe quoi. Je parvins quand même à traverser la France, les Alpes et musarder à Milan, Bologne et Ancône. Enfin, de nuit. Assoupi sur un banc public, en attendant le ferry qui devait m'emmener au port d'Igoumenítsa en Grèce.

Je garde, des milliers de kilomètres parcourus, des souvenirs épatants. Il n'y eut pas deux trajets qui se ressemblèrent. Les conducteurs se livraient, pleuraient, écoutaient, séduisaient, grognaient, déraillaient et me déchargeaient à destination. La page se tournait dès la fermeture de la portière. Bien entendu, de flippantes mésaventures et d'interminables minutes sous les averses ont émaillé diverses étapes, mais jamais au point de pousser des cris d'orfraie, fort heureusement. En tout état de cause, nous apprîmes en observant Pater qui nous inocula le virus et le goût d'oser.

L'expédition de celui-ci, quoique douloureuse, paraissait inévitable. Las de l'intérim au cœur du bassin agricole, il avait décidé de passer à la vitesse supérieure. Le moment était venu de se dénicher une activité professionnelle stable, si possible en rapport avec ses compétences : la découpe de la pierre et la gravure.

L'intéressé découvrit sa martingale au détour d'une conversation anodine. Son interlocuteur l'informa qu'aux États-Unis, à Graniteville – ça ne s'invente pas – située dans le Vermont, une carrière de granit recherchait un employé de son acabit. Si le projet devait se concrétiser, les six déménageraient là-bas.

À l'annonce de la nouvelle, la réponse oscilla entre le mi-figue et le mi-raisin. Le nom déjà posait problème et ne faisait fantasmer ni mes sœurs ni ma mère. Le chef de famille, non sans humour, souligna qu'il y avait toujours pire. Nous aurions pu atterrir à Parachute au Colorado où à Frankenstein au Kansas.

En ce qui me concerne, j'étais intérieurement fasciné par le topo. De mon point de vue, on accédait à l'état de la Nouvelle-Angleterre en braquant sur la troisième à droite après l'avenue de Broadway. Par conséquent, la possible future adresse faciliterait mes rêves d'intégrer le Show Business, en anglais « in the text ». Et peut-être que sur place, Mother aurait permis que je me forme à la danse, ne serait-ce que pour faire couleur locale.

L'envie de maîtriser le demi-plié tel un petit rat de l'Opéra m'était apparue un soir pendant que la smala regardait *Chantons sous la pluie*. L'interprétation de *Make 'em laugh* par Donald O'Connor – vulgarisé par la publicité Mérinos – me fit l'effet d'une bombe. Le récipiendaire d'un Golden Globe maniait l'art de la grimace et ténorisait à merveille. Tous deux dotés d'une énergie identique, la maîtrise des claquettes semblait le seul détail qui nous différenciait.

Ma cousine Maïwenn m'avait persuadé de démarrer par le ballet qui, ainsi que le solfège chez les musiciens, servait d'assise aux débutants. Je suggérai l'idée à Marie-Moitié qui coupa court à mes velléités noureeviennes à l'aide d'un très vexant : « Impossible mon chéri, c'est réservé aux filles ».

Je ne vis donc pas l'ombre d'un chausson, d'un tutu ou d'une cinquième position. L'univers a pourtant un plan pour chacun d'entre nous, et sa logique finit toujours par reprendre ses droits. Pour ma part, le destin se manifestera d'une façon singulière. Nous en reparlerons, si à la demande générale, un tome deux pointe le bout de sa quatrième de couverture.

Devant la moue peu enthousiaste du reste des Loiseau quant au projet d'expatriation, j'optai pour le mimétisme et bottai en touche. Je tintai mon argumentaire de trémolos aznavouriens : « Que deviendront mes amis, mes amours et mes entraînements à la chorale » ? Mon père repoussa le verdict final aux calendes grecques dans l'objectif de rasséréner le clan. Ses priorités s'avéraient autres. Avant de penser à décoller, il devait apprendre la langue de William Shakespeare et se constituer un dossier afin d'obtenir un visa. Son grand voyage vers les USA débutait en ce dimanche de Mars sur le bord de la route.

La caisse de chômage lui avait proposé de financer ses classes. Elle lui avait conseillé l'Institut des langues occidentales et ses méthodes révolutionnaires à l'époque, qui se situait du côté de Strasbourg-Saint-Denis. Chaque jour, entre l'appartement de son cousin Pascal où il logeait par intermittence et la salle de cours toute proche, le promeneur s'accordait, sourire en coin et œil chaste, une balade parmi les charmes inhérents du quartier.

Cependant, il entendait jouir des attraits de la ville au-delà des limites du dixième arrondissement. À l'instar des provinciaux curieux qui montent à la capitale, le flâneur se laissa subjuguer par ces bouillonnements aux antipodes de la vie dans son diocèse. Il s'ouvrit à un nombre incalculable de nouveautés et croisa des individus plus passionnants les uns que les autres.

Lorsqu'il rentrait le week-end, il racontait ses péripéties et nous buvions ses paroles comme de naïves bécassines. Le gendre idéal, d'ordinaire sage et raisonnable, affichait à présent un visage surprenant. Il avait lui aussi vécu sa nuit d'ivresse à la Guinness. Il s'était réveillé, le cheveu fou et la bouche pâteuse, au fond d'une cour, avec autour du cou un foulard Hermès dont il ne se remémorera jamais le nom de la propriétaire.

Le point de départ d'un polar américain en noir et blanc, étoffé d'une voix off déclamant : « Vous êtes impliqué dans une sombre affaire Mark Dixon, il y a un danger à chaque pas ». En effet, les épopées qu'il narrait enchantaient nos mornes existences, mais les inquiétudes étaient réelles, et le conteur passait volontiers sous silence les épisodes beaucoup moins amusants.

L'aide de l'état ne couvrant pas la totalité des frais, notre chômeur en reconversion ressentit la faim. Il dégotait de petits boulots en journée auprès d'entreprises de jardinage, de bâtiment, en plus de ses démarches administratives et de ses cours d'anglais. Il se dénichait un maigre casse-croûte pour quelques francs avant de s'effondrer sur son matelas à même le sol.

Le confort de Loudia lui manquait. Il aimait à revenir en profiter et recourait à son moyen de transport de prédilection, gratuit, mais dangereux. Cela lui valut de se faire mettre la tête au carré par un groupe de gens du voyage et d'aboutir à l'hôpital. Le chat échaudé se résolut alors à prendre le train lors du déplacement suivant. Et eu égard à son maigre budget, nous voir ou bien dormir, il fallut choisir. La chambre d'hôtel passa à l'as. Il somnola dehors, sur une grille de ventilation, au pied de la tour Montparnasse en décomptant les secondes qui le séparaient de son TGV du lendemain. « Même pas peur ! ». Son jeune voisin SDF lui offrit des cartons pour le confort, et l'odeur javellisée de la piscine Armand-Massard en sous-sol colora la nuitée d'un semblant de décence. Tenir bon, ne pas baisser les bras. Il se coltinait la responsabilité des siens et nous avions confiance en lui.

En de rares occasions, maman et Manue l'accompagnèrent afin de suivre les séances Tomatis de cette dernière. Ils laissaient les deux aînées rue Chaptal et le petiot échouait en pension chez Nanie et Bernard, fredonnant « Je suis sans famille et je m'appelle Rémi ». À la première séparation, je braillai comme un veau. La maison de Saint-Hovec, si enviée, pleine de personnes exquises, antithèse du couple Barberin, perdait de sa superbe dans ces circonstances-là. Le matériel n'est que bagatelle quand les nôtres s'exilent au bout du monde.

Les hôtes m'installèrent à l'étage, à l'intérieur d'une immense pièce qui servait aussi de salle de jeux. En sueur et dans le noir, l'orphelin sentait la soif de revanche de son loup mangeur de doigts de pieds. Marine, absente, ne pouvait pas l'achever à la kalachnikov. Je ne trouvai le sommeil que passé minuit.

Je me réveillai vers cinq heures du matin en train de gratter les murs à la Linda Blair ou de chercher l'interrupteur. La version diffère selon qu'on a visionné *L'Exorciste* ou pas. Je venais d'expérimenter une hallucinante terreur nocturne à un âge où, en règle générale, on n'en a plus.

La lumière revenue, je constatai ma nudité et réalisai que l'endroit avait été mis à sac : oreiller et édredon sur la moquette, bédés et décoration interchangées, volets relevés et cadres inclinés. Panique à bord. Qui avait fichu la pagaille ? Je me saisis d'un objet contondant – une fausse baguette de pain en plastique – et regardai sous les sommiers et les meubles. Pas âme qui erre. La schizophrénie menaçait-elle ? Le rangement s'éternisa et j'attendis les lueurs de l'aube, les yeux grands ouverts. Je survécus aux roupillons suivants grâce au soutien psychologique de mes cousines adorées, et le reste du séjour se déroula sans anicroches.

Mis à part ces exceptionnels abandons, je vivais au Clos Pirou entouré des miens pendant que Berluseau apprivoisait sa vie à Paname. Une fin d'après-midi, le temps d'une errance au jardin des Tuileries, il tomba par hasard sur la maison de la radiesthésie au 16 rue Saint-Roch. La curiosité l'emporta et il en franchit le seuil. Il n'en sortirait plus.

Jusqu'alors, de procédés divinatoires, le bonhomme ne connaissait que les blagues potaches des albums de

Fripounet et Marisette. Bien sûr, il avait scruté les anciens des campagnes, d'aucuns diraient des charlatans, munis de pendules ou de baguettes de coudrier, en quête d'eau à travers les champs. Il s'y était vaguement initié, accompagné de son frère Léon, sans obtenir la révélation au point de renoncer à tout et de se lancer dans l'aventure.

Par contre, au milieu de la librairie à l'ambiance studieuse, l'apprenti sourcier découvrit ses facultés. Il se donna les moyens de progresser à force d'écouter des conférences, de lire les livres de l'abbé Mermet, « une pointure » et de rencontrer des sommités en la matière tel Henry de France.

Chacun son instrument pour détecter le tellurisme. Pater s'orienta vite vers une baguette métallique en forme de L. À ses retours de la Ville Lumière, nous l'observions médusés, derrière la vitre du salon, parcourir le terrain de long en large. Tandis qu'il levait sa main gauche à la manière d'une antenne, la droite tenait la partie courte de l'outil. Il autorisait l'extrémité longue à se balancer de part et d'autre, signe de la présence de ce dont il était en quête.

Les entraînements s'intensifièrent et le novice confirma sa sensibilité aux vibrations. Les influences du sol déjà, ainsi que les centres spirituels, les fameux chakra. Tant et si bien, qu'il s'établit sur le parvis du musée Georges Pompidou et prodigua aux badauds une évaluation de leurs fleurs de lotus de la fontanelle au périnée. Il les guidait, humblement, sur la démarche à suivre s'ils souhaitaient les rééquilibrer. Devant lui, un morceau de carton avec l'inscription « À votre bon cœur ».

Le nouveau venu dressa son barda entre un fakir sénégalais, un caricaturiste tunisien et Michel, le poète de Beaubourg. L'implantation se fit en douceur puisqu'une fois encore le destin joua l'incruste. Lui et Maurice se connaissaient. Mieux, ils venaient tous deux de Loudéac.

L'amant du Parnasse était, conformément aux dires, le rejeton d'une union contre nature entre un Allemand et une Bretonne au début des années 40. Longtemps renié par le village entier, le fils de la tondue avait travaillé en tant qu'arpète de feu l'entreprise des Loiseau. La seule, paraît-il, qui ait daigné lui offrir un poste. Il avait a posteriori évolué vers une carrière artistique et vagabonde, sans doute afin d'échapper aux vieux démons qui lui collaient aux semelles.

Les compagnons de misère du mentaliste avant l'heure le surnommèrent le Chakra de Beaubourg. Moi, j'aurais préféré le Chakra de Maur-ice, à cause du mot d'esprit. De toute façon, on ne m'avait pas demandé mon avis. L'exercice ne dura qu'une semaine ou deux et lui rapporta de quoi payer sa pitance.

Néanmoins, sa passion pour la radiesthésie, qui avait démarré en candide distraction, prit le pas sur notre avenir yankee. Elle devint assez vite la base de son métier de géobiologue qui le mena à la retraite. Car l'immigration états-unienne refusa de lui octroyer un visa. La gloire de mon père ne se décrocherait pas outre-Atlantique. La mienne, toute proportion gardée, si.

En 2007, il revint à cette même librairie qui avait entre-temps déménagé au 22 rue Godot-de-Mauroy. Il y tint une conférence sur son expérience de vingt-cinq ans, avec l'espoir secret, sinon de convaincre, au moins d'inspirer une jeune génération comme il le fut lui-même.

Le tumulte de Lutèce possédait donc des vertus stimulantes pour un homme en quête de sens et d'une autre trajectoire. Il avait, en revanche, le don de lui bouffer ses énergies et de lui casser les oreilles. Ce n'est que face au vide du métro, en retournant tard le soir vers son meublé, que le parisien d'adoption éprouvait une forme de sérénité. Une ambiance lénifiante régnait au cœur du réseau tentaculaire : une moiteur, des odeurs uniques, un mutisme sourd sporadiquement perturbé par un éclat de voix.

Le bien-être s'expliquait peut-être par la connivence géographique entre papa et Fulgence Bienvenüe, instigateur et constructeur du projet pharaonique du métropolitain. Parce que l'illustre ingénieur était né à Uzel, à proximité de Loudéac en 1852. Et fort à parier qu'il s'agissait d'un lointain cousin à la mode de Bretagne du paternel.

En cas de grosse fatigue, il s'endormait parfois au fond d'un wagon et finissait sa course à Pont-de-Sèvre. À mille lieues de pester, il trouvait encore le moyen de retirer du positif de sa galère. Le noctambule écoutait juste le silence du terminal en guettant le train qui peinait souvent à se mettre en branle à ces heures tardives. Il était alors coupé du binz, apaisé, à l'image de nos veillées à la belle étoile.

Certes, il manquait une entité organique, animale, qui insufflerait de la spontanéité à l'espace aseptisé. Un chant de cigale de Provence, ou une mélodie de grillon du pays loudéacien. Ce dessein le réveilla. Il allait en installer une colonie. *Gwelet e vo an disoc'h*[9] !

Le week-end qui suivit, Berluseau nous rendit visite. Ses bagages à peine posés, il proposa de reprendre un passe-temps que nous n'avions pas pratiqué depuis belle lurette : la chasse aux grillons. Les minots démarrèrent au quart de tour. « Dans la troupe, y'a pas de jambe de bois. Y'a des nouilles, mais ça ne se voit pas ». Nous entonnâmes, à la queue leu leu, l'hymne de tous les marcheurs et atteignîmes les buttes qui dominaient le cimetière. Notre aire de jeu par excellence où en grouillait une palanquée.

Par le passé, cette traque s'était imposée à la suite d'un simple constat. Nous ne comprenions pas qu'ils

[9] On verra ce que ça donnera ! en breton

puissent autant carillonner au crépuscule chez les morts, et délaisser le monde des vivants. La décision fut arrêtée de procéder à une razzia. Nous étions déterminés à animer nos soirées des vibrations assourdissantes des orthoptères mâles.

L'expert nous enseigna sa technique. Il suffisait de déceler le tunnel de l'animal au ras des pâquerettes, et à l'aide d'une brindille, de tapoter son pas de porte. L'insecte, titillé, sortait immanquablement, et d'un coup de main rapide, on le saisissait et l'enfermait dans une boîte d'allumettes Seita. Celle avec la danseuse de flamenco, qui, pensai-je, exhibait son œil démesuré, en réalité, sa boucle d'oreille. D'ordinaire, les entomologistes les libéraient ensuite au jardin où les bestioles tentaient de s'adapter, avant de retourner dare-dare au champ du repos, goûtant peu à la résidence pleine de gallinacés.

Mais ce jour-là, pas de relâche. Les artistes à six pattes parcoururent la route en stop jusqu'à la porte d'Orléans. Puis le doux rêveur leur rendit la liberté sur les lignes trois et neuf.

Tel un gamin paniqué à l'idée de se faire prendre en flagrant délit, il attendit que le tortillard quitte la station et que le quai se vide, pour ouvrir ses étuis remplis d'impatients génies. Il répéta l'opération, à chaque retour de sa région natale. Il semblerait que tout ce petit monde s'y soit acclimaté et qu'il appartienne désormais à l'image carte postale de Paris. Le cadre apparaissant idyllique : une atmosphère chaude à l'année, de la nourriture en veux-tu en voilà, et une ligue de protection des grillons du métro au cas où un gouvernant malintentionné exigerait de les exterminer.

Alors oui, je sais que les bestioles qui pullulent sur le ballast sont arrivées là dès le début du vingtième siècle en voyageant clandestinement dans les cageots de légumes venus du bassin méditerranéen. Mais j'aime à croire, quand je déambule le long des couloirs carrelés et que je les entends striduler en breton, que Fulgence s'émerveille de la touche musicale. Et que Maurice est bien à l'origine de ces notes de poésie vivantes qui résonnent avant l'irruption tintamaresque de la prochaine rame.

« Avancez tout droit en prison.
Ne passez pas par la case départ.
Ne recevez pas vingt mille francs ».

Je détestais les cartes Caisse de Communauté, elles me portaient la poisse. Cette partie de Monopoly ne dérogea pas à la règle. Je finis ruiné derrière les barreaux pendant que mes sœurs paradaient au milieu de leurs mini immeubles rouges et verts. Afin de satisfaire aux exigences de la maîtresse de céans, la marmaille rangea le plateau de jeu et déplia la nappe. Les verres Duralex avec nos âges écrits en transparence et les assiettes en porcelaine Villeroy et Boch aux motifs fleuris remplacèrent le fer à repasser, la voiture vintage et le dé à coudre. Les six s'installèrent à dîner à la cuisine dans la bonne humeur et les effluves du *kig ha farz*[10] qui mitonnait depuis quatre heures.

Le lieu d'échange et de convivialité s'était vite imposé comme notre agora. Sa lourde table en granit fendillée

[10] Pot-au-feu en breton

était posée sur un support métallique d'élaboration forcément allemande pour avoir survécu un demi-siècle. Il m'est avis que l'ensemble n'a pas cillé d'un iota depuis la construction de la maison.

La surface mouchetée noir et blanc constituait la pierre angulaire de la fratrie : aussi solide que les liens qui nous unissent, poli et doux que l'amour qui nous fédère.

Elle supporta les pires traitements sans gémir. L'arrivée des courses, celle des paniers remplis de champignons, l'évidage des truites, les planques de cache-cache, l'ouverture des huîtres de Penerf, la vaisselle sale qui s'empilait aux réveillons de Noël. Et en particulier, les colères de Tangi qui y jetait depuis son siège bébé, les gamelles en plastique quand la nourriture ne lui plaisait pas. Maman, impassible, réagissait au moyen de l'une de ses formules favorites :

– Il fait l'âne pour avoir du son.

Ces tournures égayaient notre quotidien. Il n'était pas rare que Mother les introduise par le fameux « Comme disait Grand-Père… ». L'entrée en matière était par principe suivie d'un mystère quasi religieux, car elle annonçait une des mémorables reparties d'André Villefranche.

Ce côté de la lignée en raffolait. Les repas de famille étaient ponctués d'anecdotes drolatiques et émaillées de remarquables saillies. Mes oncles et tantes faisaient régner sur les tablées un esprit français que j'admirais en silence, les minots n'ayant pas voix au chapitre.

J'avais bien essayé de raconter la blague de Toto qui doit commander du boudin. Devant le malaise qui succéda à la chute minable et les rires forcés, je m'étais juré qu'on ne m'y reprendrait plus. Il me fallait travailler le contenu et le *timing* si cher aux comédiens burlesques du cinéma muet. La joyeuse joute verbale permettait d'oublier, le temps d'un déjeuner, les tensions larvées derrière chaque salutation.

Marie-Madeleine ne contrevenait pas aux caractéristiques de son acide désoxyribonucléique. Sa nature de conteuse revenait au galop dès que le moment s'y prêtait. Afin de perpétuer la tradition, elle nous servait un florilège des expressions et aventures familiales qui en dépit des années ne prenaient pas une ride.

Les viennoiseries n'appartiennent plus à mes *breakfasts* américains. Si d'aventure j'en achète une, aussitôt ressurgit l'histoire vraie du grand-père, racontée mainte fois, qui poussa les portes d'une boulangerie différente que celle qu'il fréquentait d'habitude. La vendeuse, maquillée de façon outrancière, l'accueillit de l'inévitable « Bonjour » à la dernière voyelle traînarde :

– Bonjour madame, répondit son client. Je voudrais une douzaine de croissants s'il vous plaît.

– Beurre ou ordinaire ? interrogea-t-elle ainsi qu'il était de bon ton de le demander au siècle précédent.
– Pourquoi, vous en faites à l'huile de vidange ?

Ma mère avait donc grandi au cœur d'un univers qui transpirait les dialogues d'Audiard. Consciemment ou pas, son paternel entretenait l'idée qu'il aurait pu rallier la bande des *Tontons flingueurs*. Il avait du reste de faux airs de Bernard Blier, alias Raoul Volfoni, et distillait des citations qu'on pouvait lui attribuer. « Ça lui passera avant que ça me reprenne », aux accents titi parigot, déboule encore aujourd'hui au débotté dans nos conversations.

Sa fille aînée égrainait en outre de grandes maximes qu'elle considérait indispensables à notre survie : « Change de culotte chaque matin ! Qui sait ? Si jamais tu es transporté aux urgences » ; « Ne pars pas les mains vides en sortant de table, charge » ; « Mieux vaut prévenir que guérir » et l'inoubliable « Profond dans le sens de creux » lorsqu'un argumentaire qui se prétendait érudit se trouvait en réalité vide de sens. Et tant d'autres suggestions que je me surprends aujourd'hui à donner à mes neveux en commençant ma leçon de morale par « Comme disait mamie Melaine ».

Ce talent d'oratrice paraissait presque insignifiant comparé à sa capacité d'écoute et de conseils. La Dalaï-Lamette tenait conférence avec nombre de gens au téléphone parfois, à la cuisine, surtout. Combien de messes basses et de confessions ont-elles été murmurées au creux de ses oreilles bienveillantes ? Le carrefour incontournable a gardé à tout jamais les stigmates des rivières de larmes, des interminables embrassades et des kilomètres de papier toilette en guise de mouchoir.

Des individus défilaient, se confiaient. Elle écoutait, ne jugeait pas et n'avait de cesse de répéter : « Je n'essaie pas de comprendre, j'essaie d'aimer ». Pas étonnant qu'ils vinrent tant s'enquérir des exhortations qu'elle prodiguait quand on l'y autorisait. « Parce que, avouait-elle, il n'y a pire sourd que celui qui ne veut entendre ».

De nouveau, à défaut de pouvoir s'éloigner de la demeure, c'est le monde qui lui rendait visite au sein du Saint des saints. Telle la ligne d'arrivée d'un jeu de société, ce haut lieu stratégique symbolisait la pièce où échouaient, souvent, les ménagères de son époque.

Personne ne l'entendit s'en plaindre. Néanmoins, elle était taillée pour un destin grandiose mais l'existence, les contraintes domestiques, et Emmanuelle en décidèrent autrement.

Maman avait adoré l'école. Soit, elle se présenta à trois reprises au baccalauréat. Cependant, elle excellait en latin et en grec et aurait pu démarrer de brillantes études littéraires. D'ailleurs, elle m'avait forcé la main pour suivre des cours de latin en quatrième et en troisième. Mais confrontée à mon enthousiasme limité à l'égard de la langue morte, c'est elle qui le dimanche soir, au fond du lit, me traduisait les thèmes et versions que le procrastinateur devait rendre le lendemain.

Son insistance jumelée à l'enseignement passionné de Brigitte Le Hiban, ma professeure de collège, auront malgré tout porté leurs fruits. Deux décennies plus tard, tandis que Nicolas et moi nous baladions au détour de la place du Châtelet à Paris, un journaliste de France Inter nous interrogea. Que signifiait le terme noctiluque ? Mon ami pêcha. Je répondis de suite : « Noctis, la nuit, luceo, luire, qui luit la nuit, ergo, une luciole ». Bon sang, même en n'en ramant pas une, j'aurai retenu des trucs. Quel fumiste !

Mary Magdalene trouva le moyen de me battre à plates coutures l'année de mes dix-sept ans en Angleterre où je bossais au pair. Elle me rejoignit un week-end à Plymouth. Durant notre visite de la Smeaton's Tower elle déchiffra *fingers in the nose* les fiches explicatives alors qu'elle se montrait incapable d'aligner trois mots d'anglais à l'oral. Je tentai de me rattraper en demandant au guide « wair iz ze basroum ? », histoire de lui prouver que le séjour m'était tout de même d'une certaine utilité. Mutisme embarrassé de l'auxiliaire. La touriste obtint une réponse en mimant l'envie pressante.

Conclusion, bûchez votre grec et votre latin avant votre voyage, et n'oubliez pas que tout Français possède un Marcel Marceau qui sommeille en lui.

N'en déplaise à ses indéniables dispositions en ce domaine, ses parents ne l'avaient pas vu de cet œil-là : la jeune fille s'orienterait vers Pharma, seul cursus valable qui permettait de gagner sa croûte. Elle s'envola donc vers Nantes et s'installa chez la tante Amélie. La célibataire louait des chambres depuis que son mari, amputé d'un bras à Dunkerque, l'avait abandonnée pour s'accrocher à celui de l'employée de maison.

Suite à un redoublement en bonne et due forme du premier cycle, le système scolaire l'aiguilla vers une formation Bio-Chimie. L'apprentissage du tableau des éléments s'avéra un jeu d'enfant puisque nombre de symboles sont dérivés de leur nom latin.

Emballée par sa ville d'accueil, elle se résolut à effectuer ses trajets à pied. En route vers l'université, la demoiselle longeait l'usine Lefèvre-Utile au 2 rue de la Biscuiterie. Le parfum des VPB mêlé aux brumes du canal Saint-Félix lui insufflait l'énergie nécessaire pour affronter les laborieuses journées. Au point qu'à la moindre évocation d'une boîte de petit beurre de LU, la Cité des Ducs lui revenait en mémoire.

Ses marmots se contentèrent longtemps de cette version officielle quelque peu édulcorée. À l'âge de raison, nous découvrîmes la face cachée de la brune. Mother avait vécu une jeunesse à l'instar des vingtenaires de sa génération avec ses audaces et son grain de folie. Mai 68 encore loin, la contestataire intégra pourtant un syndicat étudiant et monta au créneau contre une institution qui privilégiait les « fils-de ». La prise de position expliquera en partie son échec surprise aux examens en Pharma.

À des années-lumière de l'aristocratie, elle comptait toutefois des relations haut placées. À commencer par Gus Peutaval, proche d'André Villefranche et officier sorti du rang sur la Jeanne, ce navire de guerre, ambassadeur de la France sur tous les continents. À l'occasion de la Mi-Carême, le carnaval de *Portus Namnetum*, son bâtiment accosta à Saint-Nazaire. La débutante reçut une invitation à un bal et profita d'une fête délicieuse à danser de bras en bras. Sa beauté et son entrain impressionnèrent les élèves-officiers en uniforme aux quatre coins de la piste. Cendrillon s'éclipsa à minuit et évita la ribote crapuleuse, sorte de troisième mi-temps réservée aux hommes.

Enfin, bien avant le coup de foudre avec Berluseau à l'occasion d'une dégustation de muscadet en pays ligérien, Marie-Moitié se révéla une femme courtisée. Contre toute attente, un regard exotique troubla ses sens. La marcheuse avait croisé le chemin de Kang-Dae, un Coréen en voyage d'études. Leur liaison platonique aboutit à une demande en mariage que l'intéressée refusa. Une pareille union n'aurait pas été acceptée par les familles respectives. Il resta de l'épisode un vase à décors de dragon et nuage en porcelaine blanche sur la cheminée, qui disparut un jour par magie, ou par jalousie, allez savoir…

Marie-Madeleine devint laborantine. Primo à l'hôpital Saint-Jacques de Nantes, secundo à celui de Pontivy à trente bornes de Loudéac. Elle y pratiquait des analyses de sang et déambulait parmi les bouillons de culture. La seule avec laquelle elle aura travaillé, et titre de l'émission de Bernard Pivot qu'elle affectionnait tant. C'est là que se produisit le plus gros fou rire de sa vie. De ceux que l'on ne voit qu'à la télévision tant la situation suintait l'absurde.

Un type élégant et chapeauté débarqua un jour pour un banal test sanguin. En quittant la pièce, ma mère lui conseilla de se mettre à l'aise et de se déshabiller, c'est-à-dire en langage médical, de relever la manche. Le monsieur, peut-être intimidé, prit la requête au pied de la lettre et se dévêtit entièrement. Revenue sur ses pas, chargée d'aiguilles, de désinfectant et de gaze, elle l'aperçut debout, nu comme un vers, et ne put contenir un rire tonitruant qui ameuta le service. Le patient compris la méprise et se joignit à l'incoercible hilarité du personnel en cachant son intimité à l'aide du premier objet qui lui tomba sous la main, son chapeau.

La jeune mariée délaissa le secteur des laboratoires et enquilla divers boulots. Vendeuse d'abord rue Pasteur, à la boutique funéraire des beaux-parents, puis secrétaire aux Ateliers Armoricains, l'entreprise familiale. Autant vous dire qu'elle ne s'y épanouissait pas.

Je réalise désormais que, quel qu'ait été son parcours, la logique des années 60 la condamnait à la cuisine. Une fois installée, elle n'en bougea plus. Et encore, elle avait échappé aux préceptes de l'après-guerre et au célèbre *Guide de la bonne ménagère.* Le précieux recueil recommandait de « l'écouter en silence, car la femme parfaite sait qu'elle n'est jamais aussi intéressante que son fabuleux mari ». Et pléthore d'aberrations du genre qui feraient sauter au plafond les moins féministes d'entre nous.

En cette douce soirée d'avril 1982, maman se trouvait donc près de sa marmite, sur le point de servir le pot-au-feu et de lancer l'ordre du jour : la communion solennelle de Marine. En définitive, le quotidien ne tournait plus qu'autour d'elle. Je perdais le statut de petit dernier, centre de toutes les attentions. « Un coup de dindon remettrait les pendules à l'heure », ricanai-je. L'énumération des tâches réalisées et des missions encore à accomplir interrompit ma machiavélique machination :

– Nous disposons des cuisses de grenouilles et des poulets. Tout ce beau monde repose au froid.
– Grand-Père Villefranche s'est proposé d'offrir deux rôtis d'agneau que nous accompagnerons de cocos de Paimpol. Un plateau de fromages, une grande salade verte, il ne manque que le dessert, conclut papa.

Ça tombait bien, la cuisinière en chef avait été couronnée reine du « meniant meniant », ces douceurs bon marché qui égayaient les samedis après-midi. Les crêpes déjà – on est breton ou on ne l'est pas – mais pas que. Les six ne pouvaient pas non plus se soustraire au clafoutis de cerises quand la récolte trop abondante les submergeait et que les émanations caramélisées des confitures finissaient par les écœurer ; les bavaroises au cassis ou à la framboise qu'elle modelait grâce aux moules cannelés, nouveauté des réunions Tupperware ; et comme de bien entendu, le far aux pruneaux, qui régulièrement sortait du four tremblotant à la manière d'un flan. La récurrence du phénomène méritait un surnom : le flar.

Cependant, eu égard au caractère crucial de l'événement, les hôtes tenaient à marquer les esprits en prouvant leur originalité, sans se ruiner. Le chou s'érigea en sauveur. Pas celui qui soi-disant vient de Bruxelles, qui sent mauvais à la cuisson, et que les parents nous forçaient à avaler parce que « c'est bourré de fer ». Pas celui de la soupe dont le film au titre éponyme faisait rire la maisonnée. Non, la gourmandise sucrée, garnie de crème au beurre ou de chantilly, recouverte de caramel ou de fondant selon l'humeur. Restait à arranger un souci de taille, personne ne savait comment le pâtisser.

L'expérience nous avait appris qu'il valait mieux aller chercher la recette sur un livre de cuisine, et respecter les ingrédients et quantités indiqués, de façon à éviter les déconvenues.

J'ai souvenance d'une préparation rudimentaire de gâteau au chocolat qui tourna au long-métrage catastrophe. Tout s'emmanchait bien jusqu'à ce que ma benjamine et moi découvrions les faibles réserves de sucre. « Qu'à cela ne tienne, remplaçons-le par cette poudre blanche au nom biscornu », « Bi-car-bo-nate-de-soude ? Ça fera l'affaire ». En léchant le fond du bol, les chimistes détectèrent ce goût salé aussi prononcé qu'inhabituel. Qu'importe, la magie de la miamologie réglerait le problème.

En effet, de courtes minutes au chaud s'écoulèrent et des senteurs enivrantes envahirent nos narines. La pâtisserie brunissait et se dilatait d'orgueil. Nous voilà en train de crier victoire et d'imaginer nous gaver de larges tranches cacaotées. L'odeur de brûlé nous ramena à la réalité.

Le cake prenait la grosse tête. Il se la jouait « Vahiné, c'est gonflé » en déversant ses trop-pleins de superbe. Paniqués, le duo dynamique ne songea qu'à retirer les excédents et à sauver le chef-d'œuvre. Malheureusement, plus il en enlevait, plus le magma débordait. Nolwenn, dans un éclair de génie, ôta le plat du fourneau et mit fin à l'éruption pompéienne. Bref, le four.

Comme rien ne se crée, rien ne se perd, tout se mange, on nous servit la partie cuite au goûter. Même la forte concentration de Nestlé dessert ne couvrit pas la saveur innommable. Nous renâclions à ingurgiter la mixture pendant que Marie-Moitié râlait : « Bande d'enfants gâtés ! Vous ne savez pas ce qui est bon ».

À la recherche de la pâte à choux, la tribu ouvrit le vieux manuel pratique au revêtement en tissu marron qui se sentait seul au cellier. Entre la première de couverture et la page de garde des coupures de *Madame Figaro* ou de *Femme Actuelle* avec le secret pour réussir le risotto ou la galette des rois. Sur le deuxième feuillet vierge, griffonnée à la main, la recette inratable de tarte à la rhubarbe que nous avait confiée Josiane Remarqué. Les nouvelles expérimentations culinaires remplissaient nos assiettes pendant plusieurs semaines avant de finir aux oubliettes de la gastronomie.

« L – M – N – O – P, Pâte, Pâte à, Pâte à choux ». La lecture de la description s'accompagna d'un calme oppressant. Combien de temps cela durera-t-il ? Est-ce que ça nous coûtera un rein ? Serons-nous à la hauteur ?

L'insoutenable virevolte de questions se termina lorsque la patronne soupira de soulagement. L'intitulé stipulait : facile et pas chère. La chape de plomb s'évanouit, et notre journée se para des plus beaux atours d'une comédie musicale de Jacques Demy. Je visualisais Melaine, vêtue d'une robe de princesse, couronnée de diamants, chantant à tue-tête « Prenez de la, prenez de la farine. Versez dans la, versez dans la terrine ». Catherine Deneuve n'avait qu'à bien se cramponner à sa peau d'âne.

« C'est parti mon kiki, il faut crocher dedans ». Mais le bouquin mentait. La petite boule, sous son aspect ingénu, incarnait le cauchemar de la pâtisserie française. La confection, qui ne devait consister qu'en une bricole, comportait de nombreux écueils : desséchage, dosage, couchage. Puis cuisson sur la grille de notre gazinière délabrée, toujours prompte à nous péter à la gueule, et qui de temps à autre tenait lieu de séchoir à linge pour les culottes de Rinma avant l'école. Étape décisive, la tenue du chou, qui une fois à l'air libre, hésitait entre l'éclatement frondeur, le ratatinement flemmard ou pire encore la molle nonchalance.

Les apprentis cuistots ignorèrent ces premières désillusions. « Quand tu commences quelque chose, tu vas jusqu'au bout ». Oui, sergent ! Pas moins d'une dizaine de tentatives s'avérèrent obligatoires et la brigade obtint le résultat escompté. La production de masse débuta. La planète Loiseau n'évolua plus qu'autour de la fabrication des nébuleuses qui rejoignirent les batraciens et les gallinacés dans le trou noir du congélateur. Par Belisama ! Ce somptueux menu quatre étoiles en mettrait plein la vue aux invités.

N'oublie pas de frotter derrière les oreilles !

Nolwenn astiquait Emmanuelle au fond de la baignoire en suivant les conseils de Marie-Moitié tandis que je peaufinais mon côté angélique face au miroir. Le combat paraissait perdu d'avance. Le peigne mouillé ne pouvait rien contre mes cheveux fil de fer. La raie au milieu, non à gauche, ou à droite, ne tiendrait en place que par l'opération du Saint-Esprit. Et eu égard aux bêtises accumulées, je doutai qu'Il cautionne mes caprices capillaires. Mais au bout du compte, le miracle se produisit. La récalcitrante tignasse obéissait… si je ne bougeais pas trop.

Un slip, un bermuda et une chemisette repassée plus tard, me voilà en tailleur en train d'astiquer mes souliers au cirage Baranne afin de leur redonner l'éclat d'antan. Le chausse-pied, *tadah* ! Beau comme un sou neuf. Il ne restait qu'à attendre les retardataires assis au bord du canapé du salon, requinqué du dossier à l'accoudoir.

Un raccommodage minutieux et des couvertures s'étaient avérés nécessaires pour cacher la misère et ne pas faire pitié à la famille qui débarquerait en masse. C'était le grand jour. Marine célébrait sa communion solennelle.

Marie-Madeleine fignolait les ultimes détails autour de la communiante dans une pièce à part. La benjamine avait eu droit, plutôt que son éternelle natte attachée avec les élastiques que la clique retrouvait traînant partout dans la maison, à une coiffure sculptée, surmontée d'une jolie voilette en dentelle. Les parents s'étaient en outre saignés et lui avaient acheté une splendide paire de chaussures blanches et une aube assortie. L'ensemble respirait l'innocence. Sachant qu'il y avait eu quelques coups de canif au contrat à l'instar de son frangin, la pureté tirait un peu sur le crème. Peu importe, chez les catholiques, c'est magique. Dès qu'un des leurs porte des vêtements immaculés ou avoue ses péchés dans le placard à balais – le confessionnal en langage ecclésiastique – il redevient l'agneau qui vient de naître.

La messe se déroulerait en l'église de Loudéac. Dieu merci ! Nous n'aurions pas à endurer les kilomètres dominicaux. Car, non seulement je pédalais dix bornes vers l'école de Saint-Caradec, mais Berluseau privilégiait souvent l'office de l'Abbaye de Timadeuc, à proximité de Bréhan à une demi-heure de là.

Hélas, la tribu ne se distinguait pas par sa ponctualité. Le son des cloches de Saint-Maudan qui se déformait au passage de la Chrysler le long de la rue principale lui intimait de se presser. À mon immense satisfaction, cela dit, puisque le retard nous épargnait les premières minutes de la cérémonie d'une heure et demie.

Une fois dans l'église, nous tâchions de rejoindre en douce les chaises du transept, tandis que le frère Louis-Marie achevait son solo de cithare, mais à la dernière note, les applaudissements frénétiques de Manue réduisaient à néant notre tentative d'installation furtive. Le père abbé lui souriait alors avec bienveillance avant d'entamer la préparation pénitentielle.

Au moment du Gloria, la chorale d'hommes alignée près des stalles entonnait la psalmodie. Le grégorien c'est envoûtant et poignant au début, puis vite interminable. *Domine Deus, Rex cælestis.* Maman jubilait devant ce latin surarticulé. Et placé sur un « mot compte triple », le score devait cartonner au Scrabble. En revanche, le charabia était hermétique pour un enfant de huit ans.

Moi, je scrutais la feuille de chants et calculais les secondes qui nous séparaient de la délivrance. Je compris en un clin d'œil que les trappistes nous bernaient, parce que mine de rien ça trichait sec sous la nef. Non seulement les quatre courtes phrases de l'action de grâces étaient ressassées à l'infini au cas où le grand Manitou n'ait pas saisi qu'il était le sauveur de l'humanité ; mais en plus, si les chanoines éprouvaient une fatigue soudaine, ils pouvaient, en tapinois, reposer leur postérieur sur la miséricorde, cette console fixée à la partie inférieure des sièges pliants, tout en donnant l'impression de se tenir debout. Pendant ce temps, qui luttait contre les crampes et les maux de dos en restant droit comme un « i » ? Bibi. Comme le *Ite missa est* semblait encore loin !

J'en garde néanmoins de merveilleux souvenirs. L'acoustique de l'abbatiale me mettait en transe ; les hosties épaisses calaient un tantinet l'estomac lorsque l'importun gargouillait à midi et quart ; enfin, les chocolats chauds et les croissants, servis après la messe de minuit qui était célébrée suivant la tradition, prêtaient à la liturgie de véritables airs de fête.

Avec l'arrivée des températures clémentes, il suffisait de parcourir cinq cents mètres pour redécouvrir le moulin de Coët-Morue. Soit, le nom ne faisait pas rêver. Pourtant, aussitôt les orties fauchées par papa, le plan d'eau offrait un lieu de pique-nique bucolique et un parc aquatique rien que pour nous. Le déjeuner avalé, tout le monde enfilait son maillot et se jetait à l'eau. Sauf la cadette qui y avait déjà plongé tout habillée et qui séchait à l'air libre.

Nous nagions à la fraîche et ressortions couverts de sangsues. Puis venait la bataille de bouillasse au déversoir. C'était à celui qui finirait le plus noir. Vingt minutes de rires et de courses-poursuites nous laissaient dans le coaltar. La bande de crapouilleux réintégrait ensuite le bain de parasites et raclait les cinq couches de vase qui s'étaient réfugiées jusqu'entre leurs dents.

Ce sont surtout deux journées passées en compagnie de Maurice au sein de la moinerie que je n'oublierai jamais. Le congé de Pâque tirant à sa fin, mission lui avait été confiée de regraver des épitaphes des pierres tombales des pères fondateurs. Je l'avais accompagné par hasard et par désœuvrement. Les cisterciens vieillissants, ravis de la présence de ce gamin plein d'énergie, lui firent découvrir ce qui rythmait leur quotidien : le repas austère en total décalage avec le remue-ménage des frichtis du Clos Pirou ; la fabrication de la trappe de Timadeuc, un fromage odorant qui trouvait sa place sur les plateaux de la région ; et la préparation artisanale des pâtes de fruits, étrennes inévitables des mamies à Noël.

C'est au cœur de cet atelier que le gourmand que j'étais aimait à s'enfermer. En effet, il pouvait manger celles qui ne présentaient pas le calibre idéal. Il ne fut délogé de là que par frère Placide qui s'occupait de la menuiserie et qui lui façonna une croix de charpentier : sorte de casse-tête composé de six pièces entrecroisées, à séparer ou au contraire à assembler. Et un énorme dé confectionné à l'aide de bois poli et de clous tapissiers, qui ne me quittera plus puisque l'objet trône aujourd'hui encore au-dessus de mon bureau à Palm Beach.

Quand ma mère vint nous récupérer, je les remerciai. J'avais passé un chouette séjour. La vérité ne s'attardant que rarement dans la bouche des minots, mon absence de filtre eut raison du *happy-end*. Je déclarai, lors du départ, que les messieurs étaient gentils et que leurs chaussettes sentaient la croûte de fromage. Marie-Madeleine, rouge de honte, me ramena en hâte à la voiture et entreprit de m'initier à la diplomatie. Ou comment jouer les équilibristes entre « Il ne faut pas mentir » et « Il vaut mieux ne rien dire, car la sincérité risque de blesser l'interlocuteur ». Les religieux ne m'en tinrent pas rigueur. Peut-être d'ailleurs se dirigèrent-ils illico à la salle de bain et se savonnèrent-ils les pieds.

En ce fameux dimanche de profession de foi, l'air fleurait aussi le propre et la lessive. Pour obtenir ce résultat plus blanc que blanc, les supermarchés du coin avaient dû débiter du baril Omo par caddies entiers. Le parvis prenait, à mesure que l'heure avançait, des allures du monochrome *Première communion de jeunes filles chlorotiques par un temps de neige* d'Alphonse Allais. À tel point que la benjamine disparut au milieu de l'écume de préadolescents aux convictions religieuses disparates.

La quête de spiritualité en animait bien sûr certains. Mais sous le brouhaha lacté d'où s'échappaient les dernières mises au point – « La voiture de pépé Jeannot ne démarre pas », « Je me trompe où oncle Hervé s'est descendu la bouteille de chouchen » –, les sujets ne gravitaient qu'autour des cadeaux que ce petit monde recevrait.

Loin de ces considérations, je tripais en fixant les voilettes en dentelle des filles. Mon tour viendrait, et je n'aurais pas cette chance. Les grands rétorqueraient comme à chaque fois : « C'est impossible, Tangi, toi, tu es un garçon ». Je ne l'avais que trop entendu. Oui, ça coinçait aux entournures quand j'essayais le modeste maquillage de Melaine ; ou dansais au rythme d'*Oh chéri chéri* de Karen Chéryl en portant les robes bouffantes de « Les nez » ; ou me déguisais en Candy à l'occasion de carnavals, chaussé des souliers vernis de la troisième. Cependant, je ne concevais pas que mes manies puissent à ce point mettre mon entourage mal à l'aise alors qu'elles me procuraient tant de plaisir.

Mother m'entraîna vers un banc. Il convenait de s'asseoir et de se recueillir les mains jointes. Nous avions comme sacerdoce de soutenir spirituellement Marine à l'occasion de l'appropriation des promesses de son baptême, ainsi que l'avait prêché son catéchiste.

Pourtant, des questions me taraudaient. À peine née, avait-elle pu jurer quoi que ce soit ? Pire, lui avait-on donné le choix ? Effectivement, môme déjà, et en dépit du lavage de cerveau de l'école et du presbytère, j'interrogeai ces notions abstraites de la Sainte Trinité à l'Immaculée Conception. Je le dois de toute évidence aux parents qui, quoique catholiques pratiquants et convaincus, laissaient toujours une place au doute. « Nous ne possédons pas la vérité », répétaient-ils souvent.

Des doctrines perçues fondamentales et incontestables par la majorité des croyants étaient parfois malmenées aux dîners avec monsieur le curé, médusé. Mon père parlait de réincarnation et son épouse évoquait le livre qu'elle avait lu au sujet de Moïse. L'auteur y expliquait que le prophète n'avait pas séparé l'océan en deux. Le nomade connaissait juste les horaires des marées de la mer rouge.

Pas étonnant que ces observations chatouillassent la molle adhésion des enfants Loiseau. Ils poussaient la réflexion jusqu'à se demander où résidait l'intérêt de l'idéologie chrétienne. En effet, ôtez les prodiges discutables, ne subsistent que du bon sens et le récit historique d'un type charismatique. Alors pourquoi ce pataquès ? Pourquoi nous forcer à y croire et à y participer ?

Le premier sacrement, à la limite. Une ablution qui rafraîchit le bébé qui braille, une onction d'huile sainte qui ne peut qu'hydrater la peau, un repas familial qui voit son monde rouler sous la table après le plat de résistance. Le principal concerné ne s'en souvient jamais.

À l'inverse, la première communion, la deuxième puis la confirmation, je flairais le traquenard. Il s'en échappait une peur panique de la part de l'évêché de perdre ses ouailles. Et donc, un acharnement, selon un plan triennal, à remémorer, qu'âgées de six mois, elles avaient conclu un pacte avec le divin.

– Désolé, maman, me hasardai-je au détour d'une de nos discussions, à cette période-là je n'ai rien signé.
– Tangi, c'était la tradition, notre décision. C'est du pareil au même, me répondit-elle embarrassée.

Non, ce n'était pas pareil ! J'enviais les chanceux qui se faisaient baptiser à quinze ans, ou même majeur. J'aurais préféré que les adultes me laissent la possibilité d'y réfléchir, de choisir en connaissance de cause, de peser le pour et le contre ; qu'ils m'enseignent que les temps forts d'une année chrétienne, Noël, Pâques avaient été décidés par des papes, d'ordinaire pas très catholiques, de manière à supprimer des rites païens. *Spoiler alert* : Jésus n'cst pas né le 25, mais les barbares devaient cesser de ripailler au solstice d'hiver.

De comprendre que les testaments publiés désormais résultent de multiples traductions de l'hébreu ou de l'araméen, via le grec puis le latin. Le message premier avait eu le loisir de se diluer, et n'était donc pas parole d'évangile. Un baptême à l'âge de raison n'apparaissait-il pas plus fidèle aux valeurs du Christ, qui par ailleurs l'a lui-même effectué tardivement au bord du Jourdain grâce à Jean le Baptiste ?

À force de réflexion, Nono, Rinma et mézig aurons pris nos distances vis-à-vis du dogme. Et je ne crois pas abuser mes sœurs en écrivant que les parents nous auront malgré eux, poussés vers l'athéisme.

Car ce n'est pas faute d'avoir voulu obtenir le contraire. Comme tous les marmots de l'époque, nous étions contraints de participer à la vie de la paroisse au travers de pèlerinages, de réunions de catéchèse, j'en passe et des meilleurs. Bon gré mal gré, nous dûmes nous en accommoder. S'offrait une alternative : subir, ou dégoter au sein de ce carcan, un espace de liberté.

Pendant que Nolwenn glorifiait le Messie autour d'un baby-foot au bar La chope, subito suivie de Marine, je trouvai la parade et devins enfant de chœur. Mes débuts sur les planches. Il fallait arriver avant le service et se rendre à la sacristie qui faisait office de coulisse. Les copains et moi y retrouvions Lucien, surnommé Lulu, notre technicien. Voix haut perchée, légère déficience intellectuelle. Quand il n'interprétait pas Barrabas les dimanches de Passion, le bedeau faisait carillonner le bourdon à la manière des douze coups d'*Au théâtre ce soir*.

La production fournissait, cela va de soi, les costumes : une aube blanchâtre parfumée à la cire de parquet. Les programmes de la matinée installés, s'en suivaient les chamailleries entre figurants : qui purifierait les mains de l'abbé le Fol, notre tête d'affiche ? À la consécration de l'hostie, qui tinterait la clochette imposant le respect devant la mise en scène impeccable ? Qui assisterait le baptême du jour et empocherait dix francs, maigre cachet qui permettrait toutefois de dévaliser le rayon sucrerie de la boulangerie Ruelland comme des comédiens vident les bistrots à la fin d'une première ?

Je m'imprégnais tant de ce rôle de chrétien confit en dévotion, que je m'attirais les compliments des diocésains. « Il est la divinité incarnée ». Pas étonnant que Mamie Loiseau ait autant insisté pour que son Tangi adoré prenne l'habit. Ce que la multitude ne savait pas, c'est qu'au fond de lui, au lieu de prier avec ses frères, le bon petit diable observait les paroissiens et en découvrait les travers.

Il remarquait ceux qui écoutaient, ceux qui dormaient, il scrutait les comportements et commençait à piger le langage du corps. Au cours d'une cérémonie, les fidèles ne pouvant pas parler, leurs gestes les trahissaient. Madame Le Floch, toujours au premier rang, de façon à se faire pardonner ses péchés, se tournait toujours vers les mêmes personnes durant le rituel du don de la paix, et en évitait consciencieusement d'autres, pourtant proches d'elle. Des notables de Loudéac avaient la fâcheuse tendance à ne pas retrouver leur porte-monnaie quand venait la quête. Pendant que des flambeurs, jouant les vedettes américaines, brandissaient ostensiblement un gros billet. Ou mieux encore, une enveloppe scellée : « Vous ne devinerez pas de combien je me déleste, mais la somme dépasse le Quentin de La Tour ».

Une autre équipe m'avait tapé dans l'œil. La chorale paroissiale. Quelle occupation plus saine pouvait-il y avoir pour ne pas s'ennuyer que d'unir nos voix, à la gloire d'un Dieu aux siennes impénétrables – les orthographes diffèrent, certes, mais le jeu de mots me séduisait trop – ? Je décidai donc de renoncer à ma carrière d'acteur et me consacrai à celle de chanteur.

Mon arrivée au sein des choristes abaissa la moyenne d'âge de soixante à cinquante-neuf ans trois quarts. Madame Bleues, notre responsable, perçut le nouveau venu comme une aubaine. Gratifié du timbre des anges, il serait le soliste aux fêtes de l'Ascension ou de la Toussaint. Pas besoin de le pousser, le surdoué apprit les chants par cœur en un temps record et les ténorisait à la perfection. Tant et si bien qu'il devint victime de son succès.

Lui qui voulait s'occuper l'esprit et oublier qu'il se trouvait à l'église Saint-Nicolas, il y passait le plus clair de son temps libre. Cependant, rythmé par Chagrin d'amour, le groupe de rock de l'époque, les interprétations molles de l'orphéon l'enquiquinaient. « Chacun fait fait fait c'qui lui plaît plaît plaît » swinguait à propos. Le rebelle montait le son et accélérait plein pot la cadence. Les séniors goûtèrent peu aux tempos endiablés et après diverses tentatives, il finit par être éconduit. La nuit suivante, vexé de cette expulsion, je fredonnai : « Seul sur le lit dans mes draps bleus froissés, c'est l'insomnie, sommeil cassé » …

En ce matin de profession de foi, j'avais abandonné la vieille garde qui entonnait *Esprit de Pentecôte.* Les communiants pénétrèrent le lieu de culte depuis le lourd porche de la façade ouest. Chacun avançant à pas comptés au son de l'orgue qui surplombait l'ensemble vocal.

Les familles et témoins, respectueux du dogme, restaient parqués entre les bancs. À la dérobée, ils étiraient le bras en vue d'immortaliser le passage de leur bambin derrière l'objectif des appareils photo jetables Kodak ou des premiers Caméscopes.

Telle une procession de moines béats, la croix autour du cou, l'aube ramassant la poussière quand tata Simone n'avait pas eu le courage de la raccourcir, les enfants prirent position sur les premières rangées. La musique se tut, les cliquetis aussi. Le silence ne dura pas.

Ce n'est pas parce qu'un individu s'apprête à s'approprier sa promesse de baptême qu'il se transforme de facto en un être doté d'intelligence. Au cours de ces événements, il y a des impondérables. En l'occurrence ici, les cierges. La cire fondue ayant coulé sur les Adidas Stan Smith blanches neuves de l'un des communiants, celui-ci eut un geste brusque de la main et sa bougie embrasa la voilette de sa voisine. L'étoffe délicate ne fit pas long feu et créa la panique parmi les jeunes gens.

L'agitation contagieuse gagna les assises et agenouilloirs alentour. Qui de secourir sa princesse en proie aux flammes pour lui éviter le destin de Pauline de Schwarzenberg ; qui de conseiller aux autres d'éteindre les mèches ; qui de rire aux éclats devant la débâcle de la progéniture de son ennemi juré. L'incident fut maîtrisé en moins de rien, mais maintint, des fonts baptismaux au baldaquin, une puissante odeur de cochon grillé jusqu'à la bénédiction.

L'effluve rappela aux ménagères de se hâter à la sortie, car les rôtis avaient été enfournés avant de partir. Les nôtres, offerts par Grand-Père, ne cuisaient pas encore, puisque comme il aimait à le répéter, l'agneau se mange bêlant.

Quand Nolwenn passe, la saleté trépasse.

Ma sœur aînée assumait sa réputation de tyran lors des grands nettoyages de printemps. Ce mois de mai ne dérogea pas à la règle. Elle prit les choses en main. La rue Jean-Antoine Chaptal revêtirait ses plus beaux atours à la communion solennelle de Marine.

Sous ses ordres, nous n'avions pas lésiné sur le coup de balai et croyez-moi, nous venions de loin. En général, guère encline au ménage, la maisonnée offrait un certain degré d'analogie avec un champ de bataille. Emmanuelle, adepte de l'éparpillement de centaines de confettis, en détenait sa part de responsabilité, mais pas que. Il y avait çà et là, des cabanes derrière les canapés, des jouets que l'autorité nous avait demandé de ranger mille fois, des poils de chien, des plumes de tourterelles, des trichobézoards de chats ; les lits de camp des nomades hébergés et les meubles en transit des éternels déménageurs. La vie, somme toute peu banale, d'une tribu de six individus.

Face au chantier pharaonique, l'astiquage avait été prévu une semaine en avance. L'aînée s'était levée un samedi matin, ultra motivée et avait déclaré : « Allez, on attaque ». Pas le temps de dire ouf, voilà les soldats armés de détergents, de chiffons et de serpillières aux quatre coins de la demeure. Pas de pitié pour les toiles d'araignées ! Sus aux empreintes digitales sur les vitres ! Adieu les accumulations de poussières au-dessus des plinthes et des cadres ! Nous décapions notre intérieur avec la redoutable efficacité de l'infanterie romaine : organisation, logistique, discipline.

Après l'interminable coup d'aspirateur, il ne restait à récurer que le sol ardoisé du séjour. La magnifique surface nécessitait une attention particulière. Nolwenn n'avait pas son pareil pour lui restituer l'éclat d'antan. Elle la frotta d'abord au moyen d'un ballet-brosse humide et de bicarbonate. Ensuite, rincée et séchée, elle l'enduisit d'une couche de cire et la finit à la lustreuse. Un résultat remarquable. Le carrelage exhiba des allures de palais des Mille et Une Nuits, et le parfum d'encaustique donna l'impression que la bâtisse entière avait été remise à neuf.

Tandis que Marine terminait sa séance photo devant les lilas en fleur à côté des parrain, marraine, grands-parents et consorts, les retardataires se présentaient à la porte. Je guettais leurs réactions. Se pâmeraient-ils à la vue de tant de netteté ? Ils n'en eurent cure. Ce qui nous paraissait exceptionnel leur était en fait normal : une maison propre.

La communiante rejoignit ses appartements en saluant le peuple, telle Elisabeth II au balcon de Buckingham Palace . « Oh là là ! Qu'elle arrête de se la jouer » ! En même temps, j'aurais agi pareil. À l'abri de sa chambre, elle se chrysalida. L'aube boula, la voilette vola et la pression retomba. Délesté de sa tenue immaculée, en revanche, toujours bien coiffé et chaussé, le papillon émergea du cocon et effectua une entrée remarquée au salon. Oubliés, les sempiternelles salopettes marron et le style androgyne. La benjamine était vêtue d'une jolie jupe et d'un adorable chemisier. Sublime !

Les anciens l'imaginaient imprégnée de l'innocence du baptême tandis que les jeunes la savaient libérée de la corvée. Pendant qu'elle ouvrait ses présents, je notai, surpris, la métamorphose. Du haut de sa superbe, son regard candide s'effaçait. Comme les prémices de l'aube de l'adolescence et le début de la fin de notre complicité enfantine.

Un vin d'honneur arrosé en terrasse délia les langues et stimula les embrassades entre Loiseau et Villefranche, inaccoutumés à se croiser. À part, des pièces rapportées, amis d'un jour ou de toujours, n'osaient se mêler à la masse. À l'instar de Pierre et Angèle Le Digourec, la famille de cœur. Lors du court passage au laboratoire à Pontivy, maman s'était émue du parcours singulier de cette patiente tuberculeuse et décida de la prendre sous son aile. La jeune femme rencontra son époux à l'occasion d'un bal de village. Ils donnèrent naissance à deux filles, Caroline et Anouck. Le hasard voulut qu'ils s'installent au bout de la rue Jules Vernes, dans une des nouvelles constructions que le duo dynamique avait tenté de saccager des mois auparavant.

Tout le monde trouvait son compte au rapprochement géographique. Angèle surveillait les marmots en l'absence de Mother. Pierre, quant à lui, les conduisait au volant de sa Citroën blanche saturée d'émanations de tabac froid. Ce contrôleur à la SNCF était un véritable puits de science. Il retenait la totalité des livres qu'il lisait. Sur la route, il n'hésitait pas à nous rejouer les épisodes poignants de la Guerre 39-45. Le phrasé du conteur, aussi régulier que le bruit d'un train, un comble, m'assoupissait. Les Loiseau leur renvoyaient évidemment l'ascenseur. Les jeunes mariés, inexpérimentés, venaient souvent s'enquérir de précieux conseils que mes parents leur prodiguaient avec plaisir.

Quant à leurs brunettes, elles devinrent vite des maillons indispensables de nos activités et bêtises. Cache-cache, Cluedo, Chat perché, Colin-Maillard. Il ne se passait pas un week-end sans que nous enquillions une multitude de jeux, avec une préférence, je le réalise aujourd'hui, pour ceux qui commençaient par un C.

Par un samedi pluvieux, les gamins coincés à l'intérieur de la caravane franchirent une étape. Maurice, depuis peu et de par ses lectures, évoquait des sujets relatifs aux phénomènes mystérieux : spectre, possession, poltergeist. En se gardant bien sûr de tirer des conclusions hâtives ou d'en faire une religion. Ces révélations ne tombèrent pas dans l'oreille d'un sourd. Caro et Rinma, les grandes, planifièrent une séance de spiritisme. Dénués de planche de Ouija, Nounouk et moi, les petits, découpâmes d'un vieux *Télégramme*, les lettres de l'alphabet que nous organisâmes en arc de cercle par terre. Ainsi qu'un « oui » et un « non » pour les questions fermées. Assis en tailleur, l'index posé sur un verre transparent, la session pouvait débuter.

L'atmosphère alentour ajoutait à la magie de l'expérience. Le ciel s'assombrissait et plongeait progressivement la fine équipe dans l'obscurité. Les lampes de poche, à bout de souffle, clignotaient. Le tonnerre et les éclairs déployaient un son et lumière qui renforçait la tension dramatique. Ririne lança en préambule :

– Esprit, es-tu là ?
– Non, je reste au-dessus. Il y a Bahlsen.
– Tangi !
– Commissaire, vous êtes réfractaire !
– Tangi, stop ! Esprit, si tu es présent, fais-nous signe !

Les trois autres se montraient si concentrés que je stoppai le manège. Malheur à quiconque interromprait la solennité de l'instant. Seul un sonore vent coulis se faufilait au travers des fenêtres entrouvertes et acheminait vers nos narines les relents de moisissure de la moquette. Le temps semblait suspendu.

Soudain, comme électrocutés, nous retirâmes brusquement tous les quatre notre doigt. Le godet n'avait pas bougé d'un iota, mais au centre s'était formée une volute de fumée l'espace d'une microseconde. Un truc inexplicable s'était manifesté et nous en avions tous été témoins. Caroline sortit en hurlant qu'elle ne voulait plus jouer aux apprentis sorciers. Les autres médiums partageaient son avis, à vrai dire. Ils se précipitèrent vers leurs logis, trempés de sueur et de pluie, et ne parlèrent plus jamais de l'anecdote. Jusqu'à aujourd'hui encore.

En vertu des fréquents échanges de bons procédés entre les deux clans, il paraissait normal que les Le Digourec se joignassent aux festivités. Cependant, Angèle s'était permis une mise au point avant d'arriver. De l'humour, oui ! Des plaisanteries inélégantes, non ! Parce que son mari, farceur devant l'éternel, était connu pour ses blagues et ses formules à l'emporte-pièce.

Preuve en est, ce dîner chez des camarades de mes parents à La Prénessaye, auquel elle et lui furent conviés au débotté. Entre la poire et le fromage, celui-ci demanda aux hôtes s'ils possédaient une épingle à cheveux. À force d'insistance, le couple démarra une fouille minutieuse des tiroirs. Quinze minutes s'écoulèrent et on lui en déposa une sur la table. Le comique inspira profondément et interrogea :

– Vous n'ignorez pas comment les Anglais surnomment Margareth Thatcher ?

– Non, répondit papa, la Dame de fer…

– Eh bien ça, continua-t-il en brandissant l'épingle, c'est un poil de son c… !

– Nous allons rentrer, trancha son épouse.

C'est donc briefé et sous l'œil vigilant de cette dernière qu'il participa à la profession de foi de Marine et bluffa l'assemblée d'un panel de ses connaissances.

Quand les estomacs crièrent famine, Berluseau encouragea la foule à se déplacer vers le rutilant intérieur et à s'attabler. Des tréteaux, panneaux en bois et chaises supplémentaires avaient été glanés ici et là afin d'asseoir l'affluence des beaux jours. En l'honneur des grandes personnes, la maîtresse de céans avait sorti les nappes brodées, les assiettes en porcelaine, les verres en cristal et les couverts en argent de la ménagère, le cadeau de mariage qui ne quittait que rarement le buffet breton de la salle à manger. À l'intention des enfants, de la vaisselle ordinaire, des gobelets à moutarde Amora à l'effigie de San Ku Kaï et des fourchettes dépareillées. Cela faisait partie de l'ordre naturel des choses et nous ne trouvions rien à y redire.

Résolu à ridiculiser les restaurants de la ville, j'avais ajouté une touche de raffinement près de chaque serviette pliée en éventail : un menu blindé de fautes d'orthographe. À l'opposé d'aujourd'hui où je consulte le Larousse ou le Bescherelle dès qu'une incertitude se profile, la flemme l'emportait toujours à l'époque. J'avais, par exemple, accolé au propre intitulé un S superflu et tenté de le dissimuler sous une fioriture, comme sur les faire-part des gens distingués. « Au pire, ça les amusera », me rassurai-je. Ah ! Naïveté, quand tu nous tiens. Des moqueurs réussirent à critiquer l'effort. Loin des grands procès staliniens, ces reproches m'affectèrent quand même vu la quantité de travail et la créativité nécessaires à la bonne marche de cet atelier. L'important n'était-il pas le contenu de l'énumération ? Si l'invité passait outre les erreurs, la liste des mets s'avérait alléchante :

Menus

Hordeuvre
Cuisse de reinette et pomme d'api à l'école buissonnière

Entrez
Cocotte miroir de la Saint-Valentin

Plat de résistence
Jigot du grand-père et ses haricots écossais

Régal du corbeau et tentation du renard
Sallade fole

Desserts
Nébuleuses à la creime et gourmandises Tupperware

Café et thé End.

Marie-Madeleine, fébrile derrière les fourneaux, envoya les premières poêlées de grenouilles en persillade. Recette des recueils *La Cuisine de A à Z*, qu'elle n'avait collectionnés, par manque de moyens, que jusqu'à la lettre H. Nous l'avions échappé belle. À raison de trois par adulte, les minots n'en profitèrent pas, leur préférant les gâteaux apéritifs Monaco de Belin. Il y eut des « Oh ! » et débats en voyant cet aliment inhabituel débarquer à table.

Alors que je racontais aux cousins les exploits de Pater et moi autour de la marre, mon héros apporta une soucoupe où trônait une patte. « En tant que pêcheur, tu as le droit d'y goûter ». J'ouvris la bouche, prêt à engloutir le mollet, le quadriceps et l'ischiojambier. Un « Ne te jette pas dessus comme la misère sur le pauvre monde ! » résonna depuis le couloir. Ma mère me toisa en secouant la tête. Décidément, elle me connaissait comme si elle m'avait fait.

Convié à la retenue, je savourai la viande du bout des doigts et la trouvai délicieuse. Même si l'ail, le beurre et le persil contribuaient essentiellement à l'intérêt de l'anti-étouffe-chrétien, les gourmets s'accordèrent à admettre qu'il produisait son petit effet. Le repas ne pouvait que les satisfaire après pareille accroche.

Ce n'était pas gagné, car le doute planait toutefois chez tout un chacun. La dynastie au complet n'avait pas oublié le désastre gastronomique du Clos Pirou. Il s'était déroulé quatre ans auparavant et de vives réminiscences du fiasco imprégnaient encore l'évier et le plan de travail.

Marie-Moitié avait acheté de généreuses pièces de bœuf de façon à mijoter un pot-au-feu censé nourrir un régiment. Suivant les règles de l'art, la cantinière plongea pêle-mêle au fond d'une immense marmite, un plat de côte, une macreuse, un gîte-gîte et d'abondants légumes afin d'obtenir un savoureux bouillon. Des pommes de terre avaient été, en fin de cuisson, épluchées, lavées puis ajoutées au mélange qui parfumait l'air de ses fragrances de laurier, de thym et de clous de girofle. Par malheur, un savon à la glycérine à l'aspect de patate se glissa parmi les ingrédients, et l'intrus désagrégé nous força à flanquer le pantagruélique gueuleton à la poubelle.

Mis à part les tomates vinaigrette et le gâteau au chocolat, quelqu'un dénicha un camembert et la vingtaine de convives le dégusta aussi religieusement qu'une truffe blanche d'Alba. L'expérience échauda les papilles gustatives de la parenté et lui laissa de sérieuses séquelles. Désormais, ce qui ressemblait de près ou de loin à du C3H8O3, s'installa sur le porte-savon fixé au mur par les soins de mon père, histoire de tranquilliser les visiteurs.

Une semaine plus tôt, nos volailles de compétition avaient également déserté le congélateur et rallié les arrière-cuisines du traiteur de la rue de Cadélac qui les avait cuites et dressées. Au milieu de monumentaux plats ovales en inox, des cuisses, des ailes et des poitrines recouvertes d'une gelée au citron, de cornichons et de coriandre posaient fièrement. La spécialité brillait autant que le sol ciré. Une merveille à regarder. À manger ? La tâche s'avéra plus ardue pour une poignée de malchanceux.

Loin de moi les théories du jeunisme. Je crois pourtant que certaines demi-mondaines auraient mérité de popoter plusieurs heures plutôt que de tourner en rôtissoire. La vieille poule, c'est coriace. La grand-mère Villefranche, sans aucun lien de cause à effet, en fit les frais. Toujours à l'affût, je l'observai mâcher, mâcher, et malgré son acharnement, ne pas arriver à avaler sa bouchée.

L'information remonta à la cuisine où maman, telle une cheffe en attente d'une récompense au Michelin, vit ses espoirs d'une étoile s'amenuiser. Il fallait redoubler d'efforts et corriger cet impair. Seule inconnue, le four brenzigueulant réussirait-il l'unique besogne qu'on lui confiait, c'est-à-dire, rôtir les gigots d'agneau ?

Pas de quoi en faire du Tarapompon. Mother maîtrisait le langage secret de la gazinière et savait la brosser dans le sens des grilles. En conséquence de cette bienveillance presque maternelle, elle saisit la viande à la perfection. En prime des haricots frais que nous avions écossés ensemble, celle-ci l'agrémenta de Belles de Fontenay sautées à la graisse d'oie, et de carottes Vichy servies à ceusses qui préféraient s'alimenter léger.

S'ensuivit un trou normand. Et qui dit Calvados, dit, paradoxalement, *kanaouenn* [11] bretons repris en chœur. *Les Filles des forges* nous chauffèrent à blanc et firent péter les « digue ding don don ». *La Paimpolaise* rappela à la chorale qu'un marin avait neuf chances sur dix de périr au creux d'une vague. Et enfin *Loguivy de la Mer* enfonça le clou en proclamant que le survivant, esseulé, voyait impuissant, s'entasser « les carcasses des bateaux déjà morts ».

---

[11] Refrain en breton

Nous terminâmes l'harmonie suprême, la larme à l'œil. Alors, il fut temps de redonner un coup de fouet en entonnant :

« Fanchon quoique bonne chrétienne,
fut baptisée avec du vin.
Un Bourguignon fut son parrain,
une Bretonne, sa marraine.
Ah ! Que son entretien est doux,
qu'elle a de mérite et de gloire !
Elle aime à rire, elle aime à boire,
elle aime à chanter comme nous.
Elle aime à rire, elle aime à boire,
elle aime à chanter comme nous.
Elle aime à rire, elle aime à boire,
elle aime à chanter comme nous.
Oui comme nous, oui comme nous ! »

Le sujet développé par l'auteur, Gabriel-Charles de Lattaignant, paraît clair. Cependant, si le message intrinsèque n'a pas été compris, petite piqûre de rappel : « Elle aime à rire, elle aime à boire, elle aime à chanter comme nous, oui comme nous » au carré : une sacrée dévergondée la vielleuse.

Au fil des cinq couplets et refrains, les dernières animosités familiales s'étaient volatilisées. Nous étions un bloc soudé, fort, indestructible. Et puis les voix se fatiguèrent, les conversations se tamisèrent et surgit l'inévitable instant de la remémorance, chère à

André Gide. Les anecdotes vraies ou enjolivées de l'occupation et de l'après-guerre foisonnèrent et transformèrent souvent les rires bruyants en quintes de toux.

Je me souviens d'ailleurs du récit de cette autre communion du bourg de Bréhand. La messe tourna court à cause d'un colorant aux vertus laxatives utilisé pour la collation d'avant la cérémonie. Les paroissiens fuyaient, en hâte, le lieu de culte et se soulageaient derrière les pierres tombales et le monument aux morts, sous les remontrances de monsieur le curé qui finit par les rattraper.

Seul le boulanger ne tomba pas malade et fit office d'ambulancier auprès des sans-papiers. Le narrateur aussi hilare que son auditoire peinait à aller au bout de ses phrases. Qu'importe ! La force comique et la subtilité de l'anecdote, au demeurant peu élégante, résidaient dans le fait que le motif de la débandade n'était jamais mentionné.

Les causeries se mirent au vert au passage de la salade et des clacos. Encore une tranchette de pain et de beurre de manière à régler son compte à la tomme de Savoie. Ou une rasade de Chablis pour en démordre avec le brie de Meaux. Ou un fond de Château Lagarde, ce serait dommage de gâcher le morceau de baguette et la lichette de roquefort. La ronde vicieuse des fromages ne s'acheva qu'avec les ultimes gouttes d'alcool. Marié ou pendu !

D'un coup, un changement de rythme s'opéra. Des fringales de sucré commencèrent à sourdre parmi les gourmands. Synchronisation parfaite. Ma mère, tante Brigitte et Nolwenn entrèrent en scène, munies de plats débordants, ici, de choux gavés de crèmes pâtissières et dégoulinants de caramel ; là, de bavaroises aux nuances de prunes et coulis de framboise, sans colorants douteux, bien entendu.

Enfants et parents se régalèrent des desserts maison sous le regard ému de Marie-Madeleine et Maurice qui voyaient cet éprouvant marathon tirer à sa fin. Je décelai la satisfaction le long de leurs rides d'expression. Ils rayonnaient. Pour une fois, nous ne passions pas pour de vilains petits canards. Plus personne ne nous traiterait de romanichels. La bonne chère et l'excellente compagnie avaient effacé les différends qui empoisonnaient communément nos existences.

La paix semblait donc possible. Avec nos faibles moyens, mais surtout beaucoup d'amour et d'huile de coude, notre smala y avait contribué, le temps d'un déjeuner et de moult chansons. Vint le moment des boissons chaudes. En raison du nombre de commensaux et des envies de petites sucées en cette Saint Tous Là élargie, Melaine prépara une nécessaire troisième cafetière.

Le souvenir français, m’sieur-dame !

Marine et moi quêtions à l’entrée du cimetière en cette matinée de la Toussaint, munis de troncs aux couleurs de la nation. Nous avions dû nous contenter de l’accès sud, le moins fréquenté des paroissiens venus fleurir les sépultures ou, *marteze*[12], se recueillir sur celle de tante Georgette. L’impressionnante porte nord en fer forgé était réservée aux fils de Corentin, le gardien des lieux. Encore des pistonnés, tiens !

– Le souvenir français ! répéta ma sœur.

– Pourquoi qu’vous quêtez don' ? demanda une retraitée, les bras chargés de chrysanthèmes.

– Le souvenir français. L’argent récolté servira à – inspiration – « entretenir les tombes des combattants morts pour la France qui sont entrées en déshérence à cause de la suppression des concessions perpétuelles et en raison des déplacements géographiques des familles ».

[12] Peut-être en breton

Ouf, j'y étais parvenu. Nous étions tenus de respirer avant d'entamer le laïus, sinon personne n'arrivait au bout. Il fallait surtout le débiter à toute berzingue. En effet, l'attention des propriétaires de binettes et d'arrosoirs ne dépassait guère celle d'un poisson rouge.

Quand bien même je ne comprenais pas les mots « déshérence » et « concession », ils semblaient exercer une influence sur les passants, parce qu'ils glissaient une pièce au creux de la fente. J'aimais entendre le bruit métallique au moment où celle-ci atteignait le fond de la boîte. La cocarde estampillée d'un glaive et d'une torche collée au revers de la veste du bienfaiteur, je jaugeais le montant accumulé en fonction du poids. Le cru 1982 s'annonçait excellent, entre autres, grâce à la météo d'automne froide et ensoleillée.

C'était la seconde fois que nous participions à la levée de fonds, bénévolement. Enfin, sur le papier. Puisque de manière à motiver les troupes, le délégué local de l'association, Michel Lorcy, nous avait promis dix pour cent de la somme finale. Les novices n'avaient pas réalisé de miracles la première année. Deux cents francs, et donc, un Georges Mathieu par tête de pipe. Pas très lucratif, sachant que trente minutes de baptême payaient pareil.

Ce premier novembre-ci, les solliciteurs étaient décidés à battre leur record bien que l'endroit ne s'y prêtât pas. Ils adoptèrent des techniques plus accrocheuses. Oubliés, les murmures et la timidité. Ils gueulaient « Le Souvenir français ! » comme d'autres vendent des « chouchous, glaces, beignets à la con, à la con, à la confiture » le long des plages de Damgan.

Le baratin expédié, les quémandeurs ne disposaient que de microsecondes afin de faire cracher les visiteurs au bassinet. Ils développèrent, tels des camelots expérimentés, des formules en vue de parer à leurs fréquents refus. « Vous n'avez pas votre porte-monnaie avec vous ? Qu'à cela ne tienne, je vous accompagne à votre voiture ». Le meilleur des arguments restait la corde sensible : « La vie est chère, oui. Mais vous n'en auriez pas si ces pauvres types n'étaient pas morts pour vos libertés ». Sourire Ultrabrite des angelots qui ne pouvaient être animés que de bonnes intentions. Ding ! « J'l'ai eu » !

À l'évidence, l'appât du gain nous stimulait. Néanmoins, guidés par notre compas moral, nous étions prêts à offrir un peu de nos vacances de façon à faire avancer le shimilimili, le shimilimili… la grande cause. Aujourd'hui encore, il n'est pas rare que la tribu œuvre en faveur de la communauté à titre gracieux. On ne se refait pas.

J'en conclus que les parents et les aïeux ont réussi leur coup. Ceux-ci s'en vont et ne laissent à leur descendance, pensent-ils, que des photos et des bibelots qui trônent au-dessus des cheminées, près des bureaux ou se retrouvent accrochés aux porte-clefs. Mais

« L'essentiel est invisible pour les yeux ». Au fil des années, ils infusent, en secret, des valeurs universelles et leur substantifique moelle : courage, idéaux, hésitations, colère, peurs, lâcheté, amour… Et un matin, on se réveille et on leur ressemble.

L'éducation ne se réduit pas à une simple question de rabâchage. Elle consiste à agir dignement au quotidien devant la génération suivante et l'habituer, sans la brusquer, à bien choisir lorsqu'une situation complexe se présente. Je suis le premier étonné quand, en condition de stress, je réagis tel un vieux chef indien, comme mon père ; ou quand je me surprends à l'écoute des soucis d'un ami et que je le conseille par le biais d'un dicton, comme ma mère.

Dieu sait qu'à l'adolescence, je jurais de ne pas leur ressembler. Cependant, on n'échappe pas à ses racines. Elles nous nourrissent de cette sève jusqu'à ce que l'employé des pompes funèbres nous dépose six pieds sous terre. Je ne m'en plains pas. Je suis honoré de porter le sang de Maurice Loiseau, de Marie-Madeleine Villefranche-Le Bras et de perpétuer leurs traditions.

D'ailleurs, des décennies et des milliers de kilomètres plus tard, à la recherche de *the dream house* à Palm Beach, *my significant other* et moi-même n'avions qu'une exigence : pouvoir accueillir en notre sein un maximum de monde et copier-coller les enfances peu ordinaires que nous avions vécues. Le hasard avait voulu que nous grandissions tous les deux au sein de demeures où la notion de tranquillité n'existait pas.

L'époque et la culture américaine plutôt différentes, le va-et-vient floridien ne parvint jamais à égaler celui de nos mémoires. Notre cocon voit, malgré tout, de temps à autre débarquer, proches en congé, copains dans la panade, artistes se reposant entre deux spectacles. Chacun imprègne l'atmosphère de sa touche personnelle et repart avec, je l'espère, de chouettes impressions, ne serait-ce que de mes gueuletons. À l'exemple de la foule qui évolua au Clos Pirou.

Car l'adresse loudéacienne n'a laissé personne indifférent. La smala ne le ressentait pas vraiment jusqu'à sa mise en vente. Afin d'épauler Pater dans ses démarches, Nolwenn posta une annonce sur *Leboncoin* et sur un groupe Facebook consacré à Loudéac, loin de s'attendre à la déferlante qui s'abattrait. En quelques heures, nous voilà submergés de commentaires élogieux, de courriels émus, de messages privés enthousiastes et d'anecdotes bouleversantes des utilisateurs de réseaux sociaux qui y avaient séjourné.

Après quatre paquets de Kleenex, je réalisai l'impact que la maison avait eu sur tous ces gens. Ceux qui auraient remplacé leurs vieux par Berluseau et Marie-Moitié, vu que chez eux, ça dérouillait. Ceux pour qui le logis, que je considérais comme bancal, avait procuré une forme de stabilité. Ceux qui y avaient trouvé du bien-être, parfois un refuge. Des adultes que l'existence avait copieusement amochés, ou des enfants que la D.A.S.S. nous confiait parce que, bien sûr, nous étions famille d'accueil.

Je suis persuadé que les imposants blocs de granit absorbèrent l'énergie monumentale déployée pendant que nous faisions tourner la boutique. Et qu'ils la restituent aux occupants actuels. Cette force n'apparaît pas d'emblée à l'œil nu. Pourtant, le curieux qui s'y attarde détecterait des ondes positives dans la si bavarde cuisine ; près de l'insert de la cheminée qui a séché tant de nos pantalons les dimanches soir ; au fond de la baignoire parentale où les minots se lavaient à la chaîne, dans la même eau de façon à l'économiser et éviter l'explosion du compteur électrique. Il sentirait les émanations de parfums turcs et des plats méditerranéens façon récoup' ; il entendrait retentir les cliquetis des piquets de tente que les scouts entassaient au grenier ; il chanterait en percevant les échos des musiques de ces si prolifiques années 80 ; et de toute évidence il surprendrait les suggestions susurrées aux individus qui se croisèrent rue Jean-Antoine Chaptal.

« Ouvre le dictionnaire, tu apprendras des choses » en faisait partie. « D'accord maman. Déshérence : absence d'héritiers naturels ». La définition ne me permit pas de mieux comprendre la litanie que j'avais ânonné ce jour-là. Une seule certitude, Nolwenn, Marine, Emmanuelle et Tangi s'avèrent les dignes héritiers de leurs parents. Plein de défauts, cela va sans dire. Toutefois droits, respectueux et honnêtes. En cette fin de Toussaint 1982, il aurait été si aisé de piquer à l'intérieur de la caisse qui n'était pas cadenassée. Non, l'argent s'adressait à une cause, pas super évidente à cerner, mais suffisamment noble pour émouvoir les anciens et les baby-boomers. Alors pas touche.

Vers dix-huit heures, monsieur Lorcy débarqua et récupéra son dû. Nous avions calculé le total et avions affolé toutes les statistiques. Environ mille francs s'étalaient sur la table de la salle, en petits tas de pièces d'un, deux, cinq et dix. En outre, des myriades de centimes étincelaient dans un pochon en plastique Suma.

Le représentant, impressionné, avoua que nous avions surclassé les gamins de la porte nord. « Dans ta face. Même les "fils-de" n'arrivent pas toujours premiers » ! Une promesse est une promesse. Rinma et moi nous vîmes attribuer la somme de cinquante balles chacun. Jamais je n'avais palpé un billet si gris entre mes mains. Et l'invité de conclure :

– Tangi, je t'écrirai une lettre de recommandation quand tu voudras effectuer ton service militaire. Elle t'aidera au moment de ton affectation.

De mon point de vue, l'armée n'était qu'un concept abstrait, sorte d'équipe de football géante composée d'Armels aussi bourrins les uns que les autres. J'acquiesçai poliment et imaginai les merveilles que j'achèterais avec ce trésor.

– C'est un tremplin formidable pour nombre de jeunes hommes, renchérit-il. Les conscrits y rencontrent des copains de régiment. Et puis, pendant douze mois, ça permet de voyager. C'est un marchepied fantastique vers l'Europe et qui sait, les États-Unis.

Je redressai la tête et actionnai la machine à rêve.

Make 'em laugh, make 'em laugh,
Don't you know ev'ry one wants to laugh?

Remerciements

Marie-Madeleine qui inspire.
Emmanuelle qui comprend.
Maurice qui écoute.
Nono et Rinma qui rajoutent.
Brigitte qui corrige.
Nicolas qui dessine.
Jean-Hugues qui aime.
Tu es de Loudéac, si toi aussi … qui aide.
Toutes les bonnes âmes françaises et américaines qui conseillent, orientent et partagent.

Et enfin, à vous mes lecteurs qui avez ouvert ce livre.
J'espère que c'est le début d'une belle et longue amitié.
N'hésitez surtout pas à donner votre avis sur Amazon et les réseaux sociaux.
À la revoyure...

Made in the USA
Columbia, SC
25 April 2022

59355850R00169